Sonya
ソーニャ文庫

僕の可愛いセレーナ

宇奈月香

イースト・プレス

contents

プロローグ

ひらり…と風花が舞い込んできた。

薄く開けた窓から入り込む風は、まだ冷たい。豪奢《ごうしゃ》な椅子に腰かけている少女の髪が時折、踊るように揺れた。

蓄音機《ちくおんき》から流れるクラシックの旋律が静かに終わる。ジジ…と針先が歪《いびつ》な音を立て静寂を濁《にご》すとトーンアームがスイングし、再び序章から物語を奏で始めた。

今宵は白銀の世界が地表に月明かりを留めて、外は仄《ほの》かに明るい。

男はブラシで少女の髪を梳《す》いていた。

絹のごとく艶めく黒髪をひと房ずつ手に掬《すく》い取り、丁寧にブラシで梳く。

彼女の無機質な灰色の瞳には少女と同じ黒髪の男が映り込んでいる。

仕立て上がったばかりの純白のドレスへと着替えを済ませた少女は、赤い唇に仄かな微笑を浮かべていた。

陶器の肌を持つ少女に、純白のドレスはよく映える。胸元を飾るのは翠《みどり》色のクリスタルガラスが涙型にちりばめられたネックレス。

男は漆黒の双眸を細め、少女へ微笑みを返した。

春間近の夜、雲の切れ間から覗いた月が部屋を照らすと、闇の名残が影となり、少女と男の形に伸びる。彼らを囲うように薄闇から生まれる影たち、そこには月の明かりを受けて輝く幾多《いくた》もの小さな光があった。ぼんやりと姿を現したそれの正体は、無数の目。部屋中を埋め尽くさんばかりに整然と並べられた黒髪の人形たちだ。

「綺麗だよ」

物言わぬ少女の冷たい頬に男が口づける様を、少女と同じ顔を持つ者たちが感情のない目で見ていた。

第一章

その日の朝、冬の終わりを告げる鳥の囀《さえず》りが、カントゥルの町に響いた。

春だ。

この日、朝日と共に起きた町は、にわかに浮き足立っている。今日から四日間にわたり、春の恒例行事『花祭《はなまつり》』が始まるのだ。

太陽が徐々に高くなるに連れ、水瓶を傾けた女神像の噴水がある円形の大広場には、大勢の人が集まってきていた。

ぐるりと広場を囲う露店には、春の訪れを祝っているのか、昼間から酒を飲める歓びに浸っているのか分からない男たちの笑い声が絶えることがない。

露店は広場から南北へ伸びる二本の大通りにまで軒《のき》を連ね、この祭りを目当てに集まってきた行商たちが威勢のいい掛け声を上げながら客寄せをしていた。彼らが売る品物はどれもカントゥルでは珍しい工芸品や食材ばかり。掌ほどの大きさで全体に突起がついている赤い果実や、台に敷き詰められた氷の上に並んだ色とりどりの鮮魚。ソーセージを吊した店からは油が焼ける香ばしい香りが漂い、店の前を行く客たちの胃袋へ直接誘いをかけている。花祭では客と店主との値切り合戦も名物のひとつで、あちこちで上がる歓声がさらに祭りを賑わせていた。

その間を「すみません、ごめんなさいっ」と声を上げながら、小走りでかける黒髪の女がいた。

どこか少女のあどけなさを残した面《めん》には、灰色の大きな瞳がきらきらと輝いている。美しい流線《りゅうせん》を描く鼻梁《びりょう》と赤い唇は愛らしく、象牙色の肌を薄桃色に上気させて、脇目もふらずにひた走る姿を見つけた馴染《なじ》みの行商たちは次々に「セレーナ！」と声をかけた。

「ごめんなさいっ、急いでいるの！　あとで必ず寄るわ」

人波に埋もれながらも彼らの目に留まるセレーナの容姿は、上質だ。

しかし、異国の血との交わりが生み出したオリエンタル風な美貌《びぼう》にまったく興味がないセレーナは、絹ほど艶めく黒髪を「仕事には邪魔だから」と片方の耳横で三つ編みに縛り、似かよった服ばかり着ている。二十歳になっても化粧をしていないせいで、未成年と間違われてしまうほど幼い。仕事場が宿屋一階の酒場でも新顔の客からは「お嬢ちゃん」と呼ばれ、多めのチップをもらうか、子供が来る場所じゃないと説教をもらうかのどちらかだった。

（エイダったら！　また勝手に人のものを持っていったわね）

人でごった返す道をかき分けながら、セレーナは赤毛の少女を探していた。

エイダとは、セレーナの職場の女将である方の一人娘だ。女将は母イレーヌの友人で、両親が死んでからはずっと母親代わりになってくれている。

　年老いてからの子供であるエイダは両親に蝶よ花よと育てられたおかげで、立派な我が儘《まま》娘へと成長した。そして、突然母親の愛情を半分奪ったセレーナを敵視している。やがてそれは、セレーナの私物を勝手に持ち去るという困った悪癖を作り出してしまったのだ。

（よりにもよってアレを持っていくなんて……っ！）

　エイダが昨日持ち去ったのは、セレーナの亡き母の形見のネックレスだ。明日、広場で催される花祭の最大行事『妖精たちの戯《たわむ》れ』と称した踊りで着る衣装に合わせるつもりで部屋に出しておいたはずが、こつ然と消えていたのだ。

　これまでもエイダに盗られた私物は多々あるが、エイダはどれも「セレーナがくれた」だの「セレーナに貸してもらった」と母親である女将に嘘をついていた。

　不審に思った女将が一度真相を求めてきたが、母親の愛情を奪ったことに罪悪感を覚えていたセレーナは、エイダの嘘を嘘だと認めることができなかった。

　だが、今回ばかりはその嘘は通用しない。なぜなら、女将はあのネックレスがどれだけセレーナにとって大切なものかを知っているからだ。

　何とかして女将に気づかれる前に、取り返さなければ。

　雑多の中でも、エイダの赤い髪はよく目立つ。大広場を横切り、反対側の通りへ入ってすぐの露店前でエイダは友人たちとたむろしていた。

「エイダ！」

振り返ったエイダの首元には母のネックレスが燦然《さんぜん》と輝いている。一歩遅かったことに内心舌打ちしながらもエイダに詰め寄った。

「エイダ、ネックレスを返して！」

荒げた声は思った以上に大きく、エイダはぎょっとした顔でセレーナを凝視した。周りにはエイダの友人二人と、三人の男たちがいた。彼らはセレーナの言葉に胡乱《うろん》な顔をしている。

「え……？　エイダ、それお父さんに買ってもらったんでしょ」

どうやらエイダはこのネックレスを自分のものだと吹聴《ふいちょう》していたらしい。まさかセレーナが奪い返しにくるなど予想もしていなかったのだろう。誰よりも大きな動揺を顔に浮かべているエイダの腕を取り、「こっちに来なさい！」と人気のない場所へ連れて行こうとした次の瞬間、

「い、言いがかりはやめてよっ！」

思いきりその手を振り払われた。唖然《あぜん》とすると、顔を紅潮させたエイダが喚《わめ》いた。

「これは明日のためにパパが買ってくれたの！　どうして私がセレーナなんかのものをつけたりするのよ。ば、馬鹿にしないで!!」

「エイ……ダ？」

「こんな場所で私を侮辱したこと、謝ってよ！」

キン…と辺りに響いた恫喝《どうかつ》に絶句した。一喝で悪役を交代させてしまったエイダの迫力

に、完全に気圧されてしまった。

目を丸くして食い入るようにエイダを見つめていたセレーナだったが、人のざわめきにハッと我に返った。

（だ、駄目よ。彼女のペースに乗せられちゃ）

間違ったことをしているのは、エイダなのだ。

「――いいから来なさい」

再び腕を摑むと今度こそ強引にエイダを人気のない場所まで引っ張った。

「痛い、痛い痛い痛い！　ちょっと手が折れちゃうわ！」

「騒ぎたいなら、人だかりの中で話す？　話してもいいの!?」

「い、いいわよ。わ……私、悪いことなんてしてないもんっ」

「私のネックレスを勝手に持っていったじゃない。今日だけじゃないわ、いつまでこんなことを続けるつもりなの？　もうすぐ十八でしょ、少しは大人になって」

「何よ、偉そうに説教しないで！　べぇぇ――！」

大人げない態度でがなるエイダは、まだ自分の悪業を自覚できていない。

「そのネックレスをつけていたら、女将さんに呼び止められなかった？　また私が貸したとでも言ったわけ」

「――それが何よ」

「女将」の言葉にエイダはピクリと肩を震わせた。少し弱まった覇気にセレーナは嘆息した。

「それは私の母の形見のネックレスよ。父が母に求婚した時に贈った世界でひとつきりのネックレスなの。両親のブライズメイドをしてくれたのは女将さん。母の形見を私が他人に貸すわけないことくらい、女将さんは知ってる。もう言い逃れはできないのよ」

「——え」

これまでエイダが一度も女将に咎められなかったのは、セレーナが事実を認めなかったからだ。それを承知で調子に乗っていたのはエイダだが、ここまで思い上がらせたのはセレーナだ。

だが、今回の件でこれまでの悪事も明るみに出るだろう。女将はエイダを叱りつけるに違いない。

「お願い、エイダ。そのネックレスだけは返して」

セレーナは口調を和らげた。

俯いてしまったエイダに手を差し出すと、「——本当はセレーナがばらしたんでしょ」とくぐもった声がした。

「……え」

「あんたがママにばらしたんでしょ⁉　そうやって私を悪者にして、ママの気を引こうとしたのよ。絶対そうに決まってる！　あんたって昔からそうだったもん。褒められるのはいつだってセレーナばかり。私は、そんなあんたが大嫌いなの！　ずっとママの愛情を盗まれ続けたから、私は〝仕方なく〟あんたのものを持ち帰ってやることにしたんじゃない。これだってそうよ、私がもらうはずだったママの愛情への対価。正当な賠償金よ！」

「エイダ、あなた何言って」

「本当はこんなの全然欲しくないんだから。何よっ！　形見だなんて、だっさい!!」

激昂《げっこう》したエイダはネックレスに手をかけ、あっと息を呑む間もなく力任せに引きちぎった。

嫌な音を立ててネックレスが宙を舞う。楕円型のトップがスローモーションのように舞い上がり、地面にぶつかり粉砕した。

扇状に散らばったネックレスに声も出せずにいると、「……ふ、ふん！」とエイダがせせら笑った。

「いい気味！」

そう言い捨てて、逃げた。

「う……そ」

呟き、崩れ落ちるようにその場に膝をついて、散らばったネックレスの欠片に手を伸ばす。震える手で散り散りになったネックレスに触れた刹那《せつな》、ぶわりと涙が溢れた。

「あ……、あぁっ！　嘘、嘘……っ」

両手を使い夢中でネックレスをかき集めた。スカートを袋代わりにして、集めた欠片をその中へしまう。何度も何度も同じ作業をくり返す。やがて涙で視界が見えなくなった頃、

「――ひどいことをするね」

悲痛な声と共に、ふと眼前に影が落ちた。

ゆるゆると顔を上げると、貴族らしいいでたちをした青年が片膝をついてセレーナを見ていた。セレーナと同じ黒髪の青年だ。

彼は散らばったネックレスの欠片を黙々と拾い集め、それをスカートの中へ入れた。土埃《つちぼこり》に汚れたセレーナの手を見て痛ましげに頬を歪めると、取り出したハンカチで汚れを拭《ぬぐ》い始めた。

ひやりとする冷たい手だった。

「ごめんね」

低すぎない低音が小さな声で詫びた。彼が謝ることなどひとつもないのに、心の底から後悔しているような声音が心を揺らして、また涙を溢れさせた。

セレーナは泣き顔のまま、首を横に振った。

「あなたが謝ること、ないです……っ」

「トップの部分が壊れてしまっている」

「――ッ。仕方ないです。硝子《ガラス》で……できていたし」

「大切なものは仕方なくなどないよ」

静かな言葉が胸を突いた。顔を上げると、黒髪の中から黒曜石のような漆黒の双眸が、まっすぐセレーナを見つめていた。

（なんて綺麗な人なの）

ようやく目の前の青年が、とびきり素敵な男性であることに気がついた。通った鼻梁と薄い唇、切れ長の目に落ちる睫毛《まつげ》の影が物憂げな雰囲気を漂わせている。高潔そうな顔立ちは目の奥に焼きついてしまうほど端正で、秀麗だった。彼が醸《かも》すノーブルな雰囲気は上流階級の人間だけが持ちえるもの。洗練された気配が持つ優美さに、セレーナは釘付けになった。

（いるのね、こういう人が）

芸術の中にしか存在しないと思っていた美貌。思わず手を伸ばして、本当に生身の人間なのかと確かめてしまいそうになる。

セレーナが瞬きも忘れて彼に見惚れていると、不意に美貌が近くなった。

（――え）

ふわりと鼻孔をくすぐった芳香に気を取られた一瞬、唇に柔らかな感触を感じた。

艶めいた黒髪がすぐ目の前で揺れている。流麗な頬のラインと睫毛の一本まで見える距離感に唖然とした。が、唇に生暖かいものが触れた直後、セレーナはハッと正気を取り戻した。

「や……っ！」

叫び、思いきり青年を突き飛ばす。

「あ……、ごめん。つい」

真っ青な顔で唇を押さえるセレーナに、青年は夢から醒《さ》めたばかりのような顔でうろたえた。聞かされたとんでもない理由にセレーナは耳を疑う。

（つい、ですって？）

頭の中で反芻《はんすう》した途端、また涙が零れた。セレーナは灰色の目を涙で濡らしながらも、キッと青年を睨みつけた。

ネックレスを壊された悲しみとは違う種類の悲しみと憤りがセレーナの心を焼いた。

今日はとことんついていない。母の形見を壊されたばかりか、見知らぬ男に唇を奪われるなんて。

（初めてだったのに……っ）

二十歳になってもセレーナは色恋にまったく興味が持てずにいた。それでも、いつか自分だけの王子様が現れる夢くらいは持っている。初めては好きな人と決めていたのに！

奪ったのが美貌の貴人だから許されるという理由はない。ネックレスを拾ってくれた感謝など彼方《かなた》へ飛んだ。

「違うんだ、これは」

伸ばされた腕から逃げるように立ち上がる。不信感を露わにしたセレーナに、青年が焦りを滲《にじ》ませた。

集めたネックレスの欠片たちが再び地面に散乱した様に一瞬視線を遣るが、今はそれよりも眼前の青年が怖い。セレーナが後ずさると、「待って！」青年も慌てた様子で立ち上

がった。

散らばったネックレスは、セレーナの心そのもの。ひどく惨めだった。

「待って、セレーナ!!」

誰がそれに従うというの。

青年の制止を振り切り、セレーナは全速力でその場から逃げた。

家に逃げ帰ったセレーナはそのまま自室へ飛び込む。

「セレーナ、どうしたんだいっ？」

けたたましく扉が閉まる音に祖父のカーティスが驚いた声を上げたが、セレーナは聞こえない振りをした。ベッドに飛び込み、掛布を頭から被る。

「う……、うぅぅ……っ」

何が一番悲しかったかなんて、分からない。身に起こったすべてが最悪で最低だった。

どこにもぶつけられない悔しさを零し、ベッドの中で何度も枕を叩いて泣いた。

☆★☆

——冷たい。ここは…、私どうなってしまったの。

「た……すけて！」

まとわりつく衣服が水を吸って重たい。暴れるほど顔に生臭い水がかかった。

一瞬の出来事だった。あっと息を呑んだ直後には、体は暗い穴の中へ吸い込まれていた。痛みを覚悟する間もなく息苦しさがあった。水の中だと気づいたのはその時だ。

「たすけ……、たす……けて！」

がむしゃらに四肢を動かし、水面に顔を出した。上空に太陽のごとく浮かぶ出口に向かって、セレーナは必死に叫んだ。

「助けて……っ、助け」

が、体はすぐ水の中へ沈んでしまう。被る水を飲んだせいで、息苦しさが増した。水面を何度も叩き、手をバタつかせて顔を水面に出そうともがく。

突然襲って来た死の恐怖にセレーナは完全にパニックに陥っていた。それでも死に物狂いで手を動かしていると、指先がぬるりとしたものに触れた。本能でそれが命綱であることを悟り、石壁にできた突起を摑む。

「お願いっ、助けて!!」

頭上から見下ろしている人影に叫ぶ。しかし彼は動かない。ただ井戸に落ちたセレーナを覗き込んでいるだけだ。

（ど……うして）

助けるつもりがないのかもしれない。なにしろ彼はセレーナをこの井戸へ落とした張本人だ。

ふいに過《よぎ》った考えに戦慄《せんりつ》が走った。

「やだ……っ、お……とうさん！　お母さんっ!!」

暗い穴にセレーナが立てる水音と絶叫が木霊《こだま》する。閉塞的な場所であることがさらなる恐怖を生んだ。湧き水の冷たさに体がカタカタ…と震え始めると、死を強く意識した。

(嫌……だ、死にたく……ないっ！)

「怖いよ……、お父さんっ、お母さん！」

出口ははるか上空だ。セレーナの力では到底自力で井戸から這い上がることはできない。硬く強張《こわば》った腕は体を支えるだけで精一杯で、唯一外まで届いているであろう声を張り上げることだけが、セレーナにできる最大限のことだった。一度は手にしたはずの宝物も今は暗い井戸の底まで落ちてしまっている。それでも少しでも這い上がろうと、強張る四肢に力を込めた時だった。

「あ……っ」

ずるりと藻に足をとられ、セレーナは再び水の中へ落ちていった。


直後、ハッと肺が呼吸を思い出した。セレーナははぁはぁと息を乱し、唐突に夢の中から引きずり上げられた意識で天井を眺めていた。

心臓がドクドクと高鳴っている。水の冷たさが今も肌に残っている気がした。

(あの夢は何だったの……？)

ゆっくりと血脈の流れを感じると、次第に脳が覚醒《かくせい》してくる。

（そうだった。私、小さい頃にも大切なものを失くしているのよ）

どうしてそのことを忘れていたのだろう。

そのことは思い出しても、あの夢が何の夢なのかまでは思い出せなかった。ひどく怖くて、思い出すことを脳が拒絶している。

のそり…とベッドから這い出ると、窓の外は新しい光で明るくなっていた。

いつの間にか泣き疲れて眠ってしまったようだ。カーテンを引き忘れた窓の外は、うんざりするほどの快晴。なんて嫌な天気なの。

セレーナはぼんやりとする頭を振り、ベッドに腰かけた。視界の端に入り込んだレースの布地にゆるりと視線を上げる。今日、広場で踊るために用意した妖精の衣装だ。

レースを幾重《いくえ》にも重ねて羽根をイメージしたスカート、大きく開いた襟ぐりと肩のパフスリーブ、胸元をビーズで飾った華やかな衣装は、ようやく踊りに参加する気になったセレーナのために女将が用意してくれたもの。

毎年、カントゥルの娘たちはこの衣装を着て広場で踊る。始まりは春の到来を歓ぶ妖精になり替わって娘たちが祝い踊る、というものだったのだが、その風習はいつしか未婚の男女が将来の伴侶を得る場へと変わっていた。

それに忘れてはならないのが耳元に飾る花飾りだった。花が白色であれば恋人がいる証、というのが慣例になっている。その花飾りは『宿り花』と称されていて、その所以は、妖精がその花に身を委ね休むというものだったらしいが、それも長い時間の中で曖昧になっていった。

セレーナが用意した花飾りは、薄桃色。

これまで一度も踊りに参加しなかったのは、色恋に興味がなかったという理由だけではない。セレーナは広場にある噴水の丸い形が怖いのだ。あの丸い形になみなみと水が溜まっている光景を見ると、ひどく嫌な気分になる。幼い頃、誤って井戸に落ちた経験が、その井戸を連想させる形に畏怖《いふ》を抱かせているらしいが、セレーナはその時のことを覚えていない。井戸へ落ちたというのも人づてに聞いた話だった。

それでも噴水に抱く異常な恐怖心と、先ほどの夢がそのことを肯定している。自分は確かに井戸に落ちたことがあるのだ。

だが、なぜ今になってそれを思い出してしまったのだろう。

セレーナはもう一度妖精の衣装に目を遣り、深々と嘆息した。

(出ようなんて思うんじゃなかった)

二十歳の節目で『妖精の戯れ』を踊る。それはずっと心に決めていたことだった。

両親が初めて出会ったのが、この花祭。父は広場で踊る母の姿にひと目惚れをし、熱烈な求愛をしたのだという。当時の母の年齢が二十歳だったのだ。

今まで色恋の「い」の字も口にしなかったくせに、両親たちの出会いになぞらえてセレーナも王子様に見つけてもらおうという他人まかせの根性に罰が当たったに違いない。

(王子様、か)

セレーナは開けっ放しの宝飾箱を一瞥し、何度目かの溜息を吐いた。

胸元を飾るはずだったネックレスは、もうどこにもない。

立ち上がり、空っぽになった箱を撫でて自嘲すると、じわりと視界がぶれた。一晩中泣いたのに、まだ涙は溢れてくるらしい。

歯がゆさと悲しみを箱の中へ閉じ込め、チェストの最奥へ押し込んだ。

大きく息を吐いて気を静めようとするけれど、失くしてしまったものの大きさに心がジクジクと痛む。

あの後、ネックレスはどうなったのだろう。きっと大勢の人に踏まれ散り散りになってしまったに違いない。

――母の大切な思い出が詰まったネックレスだったのに。

こうして泣いている間も、誰とも知れない人に踏まれているのだと思うと、どうにもいたたまれなくなった。

(探しにいかなくちゃ)

もとに戻せなくても、大切なものには変わりない。あの不埒な男の言葉を借りるなら、「仕方がないことではない」だ。

(それにしても、なんて失礼な人だったの)

女性の、しかも出会って間もない唇を「つい」奪ってしまうことなどあるのだろうか。

そういう行為を世間では痴漢《ちかん》というのだ。彼の造形美に見惚れてしまった自分に隙はあったのかもしれないが、あの男が不届き者であることには違いない。

(あぁ、最低な気分! 二度と会いたくないわ!)

悲しみを脇へ押しやると、青年への憤りが心いっぱいに噴射された。

セレーナは手早く服を着替えて階段を降り、台所で朝の準備をしていた祖父の背中に声をかけた。

「おじいちゃん! ちょっと出かけてくる」

祖父の返事も待たず、勢いよく玄関を開けた途端。

「おはよう、セレーナ」

つい今しがた〝二度と会いたくない〟と思った男が立っていた。

眩《まぶ》しいほど麗しい微笑を湛え、朝の風に黒髪を揺らす上質なスーツを着た青年は、間違いなく昨日の痴漢男。

——あぁ神様、お願いです。嘘だとおっしゃって。

セレーナは扉の取手に手をかけたまま青年を凝視し、頭のてっぺんから靴の先まで視線を這わせた後。

バタン——ッ。

ものすごい勢いで扉を閉めた。

「セレーナ?」

台所から出てきた祖父が、立て続けの大きな音に顔を出した。

「お、おじ……おじいちゃん！　外に、ち……ちか」

「ちか？」

「いえ、そうじゃなくて。あ、あの。……そうっ！　外に人がいるの！」

自分でも何を訴えているのか分からないのだから、祖父が首を傾げるのも無理はない。

セレーナの声に呼応するように、扉がノックされた。

「セレーナ？　開けてくれないか。僕だよ」

「あ、あなた、誰っ⁉　どうして私の名前を知っているのっ！」

何が、「僕だよ」だ。

「……昨日、あなたをセレーナと呼んでいた女の子がいただろう」

「で、でも、だからって！　どうしてここが分かったのっ。何しにきたのよっ！」

「ネックレスを持ってきたんだ。この家のことは広場近くの宿屋で聞いた。あなたの容姿とネックレスを見せたらすぐに教えてくれたよ。――セレーナ、開けてくれないか」

懇願されても、はいそうですかと開けられるわけがない。

しかし、会話を聞いていた祖父が「開けておやり」と困ったような顔をするので、セレーナはしぶしぶ扉を開けた。

再び登場した青年は、先ほどとは一転して分かりやすく消沈していた。

「突然訪ねてきたりしてごめん。――僕はライアン。ライアン・アルフォード」

「ライアン・アルフォード？」

どこかで聞いたことのある名前なのだが、さほど貴族に詳しくないセレーナにはピンと来なかった。

(でも、……そうよ。確かカムエウスから来た商人がアルフォード伯がどうとか言っていたような)

随分な美貌の持ち主の伯爵らしいのだがまったく妻を迎える様子がなく、社交界では彼を落とそうと躍起になっている令嬢が大勢いるとかいないとか。

(へぇ、この人が)

しげしげとライアンを見つけ、はたと我に返った。

なぜ噂の貴人がセレーナの家の前で、捨てられた犬のような顔をして立っているのか。

ライアンは何かを訴えかけるような眼差しでセレーナを見つめている。

(拾ってあげないわよっ!?)

たじろぐと、彼は悲しげに目を伏せた。

「これ」

言って、ライアンは手に持っていた箱を差し出し、蓋を開けて見せた。

「……拾ってくれたの?」

原型に近い形で並べられた母のネックレス。ところどころ隙間が空いているのは、見つからなかった部分だろう。

「拾えるだけすべて拾った。けれど、壊れてしまったパーツはどうしようもなくて。せめてトップだけでもと思って、これを」

粉砕《ふんさい》したトップの飾りは、よく似た石があてがわれていた。深い藍色が美しいそれは、素人目でも高価な宝石であることが分かった。

まるでネックレスの原型を知っているかのようなパーツの並び方と、藍色の宝石に感嘆の溜息が零れた。

「よくこの形に並べられたわね」

「一瞬だけどあの女の子がしているのを見たから、覚えているんだ」

一瞬見ただけの記憶でここまで復元できるものなのか。なんて恐ろしく優秀な記憶力だろう。

驚愕して、思わずライアンを凝視してしまった。

すると、消沈した気配はどこへいったのか、今度はご褒美を待つ犬の眼差しでセレーナを見つめている。

だが、生憎《あいにく》とセレーナは犬が嫌いだった。

「ありがとう。でもコレは受け取れないわ」

感謝を伝えながらも、彼が用意した宝石は返した。途端、ライアンはシュンと耳を垂らして項垂《うなだ》れた。

「この程度では思い出の代わりにはならないよね。でも、僕の気持ちだと思って受け取ってくれないか」

「ごめんなさい、言っている意味が分からない」

自分のものではないものは受け取れないと言っているだけなのに。ここに込められたライアンの気持ちとは、なに。昨日の痴漢のお詫びとでもいうつもりなのだろうか。

頑《がん》として受け取ろうとしないセレーナと、どうにかして受け取って欲しいライアンの問答は、それからしばらく続いた。

「どうだい、セレーナ。続きは中でしないか。それにネックレスを拾ってくれた恩人にお茶の一杯も出さないわけにはいかないよ」

見かねた祖父が仲裁に入った。

「おじいちゃん、でもね」

祖父の言葉はもっともなのだが、納得はできない。なにしろライアンは痴漢男で、彼の言動はどうにもいかがわしい。初対面と言っても過言ではない他人にポンと宝石を渡すような男は信用できない。できることならこれ以上関わり合いたくなかった。

渋っていると、「セレーナ」と祖父に促される。その声に溜息をついて仕方なく体を引き、彼を中へ招き入れることにした。

「紅茶でよろしいだろうか」

「いただきます」

祖父に勧められた席に腰を下ろし、ライアンは微笑んだ。セレーナは二人きりになるのが嫌で、そそくさと祖父を追いかけた。

「おじいちゃん、私がするわ」

「ここはいいから、セレーナはきちんと彼にお礼を言っておいで」

「でも、……男の人は苦手なんだもの。おじいちゃんも一緒にいて」

「セレーナ、何も知らないうちから彼のことを決めつけるものではないよ」

ライアンが苦手、とは言えず置き換えた言葉を、祖父は正しい意味に直してセレーナを窘《たしな》めた。

「だって、あの人は」

勝手に唇を奪ったのだ。と言えたらどれだけ楽だろう。

押し黙ると、やれやれと苦笑した祖父がクッキーを載せた皿を持たせて「行きなさい」と背中を押した。セレーナのお気に入りのクッキーを出してくれたのは、祖父なりの激励のつもりなのだろう。

「――早く来てね」

後ろ髪を引かれながら居間と食堂が一緒くたになったライアンがいる部屋へ戻った。庶民の暮らしが笑えるほど似合わないライアンは、まるで鶏小屋に迷い込んだ孔雀《くじゃく》だ。座っているだけで優美さを漂わせている。貴族としての教養を受けてきたからこそ身に着けた気品なのだろう。

そんなライアンはセレーナに気がつくと、嬉しそうに目じりを緩ませた。

セレーナはクッキーをテーブルに置きながら嫌々彼の斜め向かいに座ると、小さな声でネックレスの礼を言った。

「……拾ってくれて、ありがとう」

「セレーナはとても優しいね」

予想と違う言葉に顔を上げれば、ライアンの双眸が優しい弧を描いた。

「嫌々座っているのが見え見えだよ。――僕のせいだよね、本当に軽率だったと反省している。セレーナがあまりにも可愛くて、衝動を抑えきれなかったんだ」

「は……？」

目を丸くさせて、突飛なことを言い出した貴人を凝視する。

「しょ……、衝動？」

「うん、あなたに触れたくてたまらない衝動。本当に可愛かったんだ」

臆面もなく「触れたい」だの「可愛い」だのと嘯《うそぶ》くのは、あの口か。セレーナは実に残念な人を見る眼差しでライアンを見た。

何度か可愛いと言われたことはあるが、それは品物を買って欲しさに商人たちが口走るリップサービスだ。まさか昨日会ったばかりの、セレーナの中ではまだ痴漢男から格上げもされていない人物からそんな言葉を受ける日が来るとは。

(……呆れた)

馬鹿馬鹿しさに、いよいよ言葉も出てこない。

貴族とは、セレーナの理解の範疇《はんちゅう》外で生きている人たちなのだろう。でなければ簡単に宝石を渡したり、口づけたり、挙句《あげく》「触れたい」など言うはずがない。

呆れていると、祖父が紅茶の準備をして戻ってきた。ぎこちない沈黙に祖父は二人の顔を交互に見比べ、微苦笑を浮かべる。

「それで、これは息子がイレーヌに贈ったネックレスだね。随分強い力で引っ張られたようだが、どうしてこんなことになったのか、わしにも教えてくれないか」

ライアンの向かいに座った祖父が、テーブルに置かれたネックレスを見ながら言った。

それを受けて、セレーナがぽつりぽつりとことのあらましを話して聞かせた。エイダが断りもなく持っていってしまったこと。口論となり、その際にちぎれてしまったこと。散らばったネックレスをそのままにして来たこと。だが、ライアンに口づけられたことはどうしても言えなかったので、ショックで動揺していたと嘘をついてしまった。

祖父は黙って話を聞き終えた後、静かにネックレスの入った箱の蓋を閉めた。

「可哀想に」

呟き、セレーナを抱きしめた。心を許した者からの優しい抱擁はそれだけで心を癒《いや》してくれる。セレーナは祖父の背中に手を回し、ぎゅっとしがみついた。

「それで、花祭はどうするんだい？　今年は出ると言っていたじゃないか」

「行かない、いいことないもの。それに……今はエイダの顔を見たくないの」

「セレーナ」

沈んだ声を掬いあげたのは、ライアンだった。

「僕では駄目かな」

突拍子のない言葉に、セレーナは祖父の腕の中から胡乱な視線を向けた。

「僕と一緒に花祭に行ってくれないか」

（またこの人は……、今度は何を言い出すの？）

広場の踊りに参加するつもりでいたのは、今年が特別な年だったからだ。しかし、昨日の時点で特別は最低に取って代わり、今朝起きた時にはどうでもよくなっていた。その一端をライアンも担っているのに、どうしてそんな彼と祭りに出かけなくてはいけないのだろう。

まったく心動かされないでいると、祖父が優しい声音で言った。

「そうだ、セレーナ。わしのとっておきのものをやろう」

「なに？　おじいちゃんのとっておきって」

「わしの自信作だ」

「え、おじいちゃんの自信作？　それってもしかして装飾品のこと？」

思いがけない提案に瞬いた弾みで、いつの間にか溜まっていた涙が一粒頬を伝った。祖父は滲み笑って「泣くんじゃない」とそれを拭ってくれる。

「随分と昔に作ったものだから時代遅れの代物だろうが、セレーナさえよければどうだろう。それをつけて花祭に出てみんか？」

祖父が腕のいい装飾師だったことは、父から幾度となく聞いていた。祖父は東洋へ渡ってから、東洋文化に強い感銘を受け宝飾加工の仕事をしなくなったが、父の目標は死ぬまで祖父だった。

その祖父が作ったネックレス。――見てみたい。

「うん、見たいわ。見せて」

「ちょっと待っていなさい」

席を立ってしばらく、祖父は木製の装飾箱を持って戻ってきた。それは父がいつも宝飾品を納める時に作っていたものと同じ蔦《つた》の模様が彫り刻まれていた。

「開けてごらん」

頷き、手渡された箱をそっと開けた。

「……綺麗」

そこには燦然と輝くネックレスが美しい姿態をたおやかに横たわらせ、艶やかな微笑を見せていた。雫型に弧を描くラインストーン、その間に一粒ずつ納められた緑色の石が女王然とした気品を放っている。

「どうだい、つけてくれるか」

セレーナは食い入るようにネックレスを見つめていたが、ほうっと息を吐きながら首を横に振った。

「どうしてだい？」

「だって、コレはおじいちゃんが特別な人を想って作ったものじゃないの？　そんな大切なもの、使えないわ」

本音を言えば、ぜひともつけてみたい。

だが、このネックレスからは祖父の切ない思いがたくさん伝わってくる。まだ大切に手元に残してあるということは、訳あって渡せなかったか、想いを届けられなかったかだ。祖父が未だに独身を貫いていることを思えば、おそらく後者。

「セレーナだから渡すんだよ。お前はわしの大切なたったひとりの家族だ。血は繋がっていなくても、わしはずっとそう思ってきた」

祖父が東洋へ渡った際、懇意になった職人の息子がセレーナの父だ。病死したその職人に代わり祖父が父を引き取り育ててきた。ゆえに祖父はこの年まで未婚で、セレーナとの間に血縁関係はない。だが、セレーナにとってカーティスが祖父であることは変わらない事実だ。

「おじいちゃん……」

「さあ、これをつけて花祭へ行きなさい。イレーヌのネックレスは、わしが直しておこう。その代わりにこの老いぼれにとびきり可愛い妖精を見せておくれ」

セレーナの髪を撫でる皺だらけの手にセレーナは新しい涙を零した。

祖父が普段は決して見せない作品を出してきてまで言ってくれているのだ。セレーナは逡巡《しゅんじゅん》したが、行く決意をした。

「うん、待っていて！」

もう一度、祖父の首に抱きついてから、セレーナはネックレスを持って部屋を飛び出した。

☆★☆

その様子を見送っていたライアンは目を伏せ、自嘲めいた笑みをこぼした。

自分は何を期待していたのだろう。

セレーナはライアンを眼中にも入れていなかった。

少しは女性に好かれる容姿になったと思っていた自信は、自惚れの間違いだったようだ。

彼女は社交界の令嬢たちとは違う。女たちが欲しがるライアンの地位や財に、セレーナは何の魅力も感じていない。事実、彼女はライアンの名を聞いても大した反応を見せなかった。僅かな落胆と、そんなものに心動かされなかったセレーナの純粋さに心がうち震える。

噛み殺した歓喜をゆるりと吐き出し、ライアンは改めて表現をつくろった。

「さすがですね。幻の名工と謳《うた》われたあなたの作品をこの目で見ることができるとは思いませんでした。彼女のものでなければ、私が買い求めたいところです」

「悪いが、いくら金を積まれてもひとつたりとも譲るつもりはないよ。わしは決めた者にしか譲らん」

「それは私の祖母のことでしょうか？　あのネックレスも祖母を想って作られたので

は？」

「なぜそう思う」

「私にそれは愚問ではないですか」

「そうだったな。……あの方は本当に逝《い》ってしまったのだな」

「はい」

カーティスは長い沈黙の後、重い息を吐いた。

「ところで、セレーナと会ったのは偶然か？」

「もちろんです。昨日、あなたを訪ねた後、偶然彼女が誰かと揉《も》めている場面を目撃しました」

「そうか」

そうしてまた沈黙し、カーティスはおもむろに口火を切った。

「セレーナにはかまわないでやってくれないか。君はセレーナに対して後ろめたさを感じているはずだ。贖罪《しょくざい》と愛情をはき違えてしまう前に、あの子の前から去って欲しい」

「あなたは僕の気持ちをご存じだと、そうおっしゃるのですね」

「わしでなくとも、誰もが君の目を見れば分かることだ。幸いにもあの子は何も覚えてはいないが、それが幸運だったとは思わないで欲しい。それでなくともセレーナは貴族社会には到底向かん娘だ。ここで自由に暮らさせてやりたい」

カーティスの言葉に、ライアンはツッと目を眇めた。

「僕ではセレーナを任せられない、と」

「わしはあの子には幸せにしてくれる男のもとへ嫁いで欲しいと思っている。金持ちでなくてもいい、誠実でセレーナを傷つけることがない男だ。それがわしにあの子を託してくれたセレーナの両親へたてた誓いでもある。申しわけないが、君にそれができるとは思えん」

「何も知らないうちから決めつけてはいけないのでは？」

「──立ち聞きか。躾がなっとらんな」

「申しわけありません」

睥睨《へいげい》を微笑で受け流し、ライアンは胸に宿る情熱に誓った。

「僕はこれから全力でセレーナを口説きます。もう二度と彼女を傷つけはしません。もし、彼女が僕の愛を受け入れてくれた時は、結婚を許してくださいますか」

「気が早いな、まだろくに口もきいてもらえんだろうが」

「これから克服していきます」

胸を張って宣言すると、廊下から軽やかな足音が近づいてきた。

扉を開けて現れたセレーナの可憐さに、ライアンは目を奪われ、つかの間言葉を失った。

(なんて、愛らしいんだ)

三つ編みを解《ほど》いて広がる艶やかな黒髪、それを飾る薄桃色の花飾り。象牙色の肌に光るカーティスのネックレスがセレーナの美しさを一層際立たせている。

ライアンたちの視線を受けてほんの少し恥ずかしそうに頬を染める様子に、理性が持って行かれそうだった。

(今度こそ)

まだだ、と滾《たぎ》る欲望に繋いだ手綱を引きながら、ライアンは静かに情熱を漲《みなぎ》らせていた。

☆★☆

「……あなたと行くとは言ってない」

揺れる馬車の中で、セレーナは仏頂面のまま言った。その投げやりな口調を気にする様子もなく、隣に座るライアンは嬉々《きき》としている。放っておけば、鼻歌でも歌い出しそうなほどの上機嫌ぶりだ。

(——変な人)

彼には嫌味を讃辞《さんじ》に変換できる特殊な機能が備わっているのかもしれない。

そんな馬鹿げた発想を抱いてしまうのも、ライアンが無駄に上機嫌だからだ。

いったい、何がそんなに嬉しいのか。呆れ顔のまま白い目を向ければ「でもあなたは僕の馬車に乗ってくれたよ」と言った。

「それは、……おじいちゃんが見ていたからよ」

「なら僕はおじい様に感謝しなくてはいけないな」

「私のおじいちゃんよ」

ねめつけると、優しい眼差しで微笑まれた。

「とても綺麗だよ。さっきは本当に妖精が舞い降りてきたのかと思った」

かみ合わなくなった会話にまた呆れてそっぽを向くと、「信じて」とせがまれた。

いったい会ったばかりで彼の何を信じろというのだろう。それに、綺麗という形容はライアンにこそ相応しいと思う。

（どうしてこんなことになったのかしら……）

なんだか妙なものに懐かれた気がしてならない。そもそも貴族たちはこの時期、社交シーズンで忙しいはずではないのか。こんな片田舎の町で呑気に町娘と馬車に乗っていていいのだろうか。

視線を感じて横を向けば、熱い眼差しで見つめられている。目が合うと、漆黒の双眸がじわりと細くなった。

獣に見定められているようで落ち着かない。

セレーナは心もち体を窓際に寄せ、また外を眺めることでライアンを無視した。

それからは会話のないまま、馬車は広場へ繋がる大通り近くで止まった。ここから先は歩いて広場へ向かうことになる。御者が馬車の扉を開け、ライアンが先に降りる。後に続くと、ライアンが介添えの手を差し出してきた。

貴族らしい仕草に躊躇《ためら》いながらも、セレーナはその手を借りることにした。なにしろボリュームのあるスカートで足元が見えないのだ。

そのまま二人は人波に流されながら広場へと向かった。途中、ライアンは物珍しげに露店を覗いて歩いた。貴族には馴染みのない光景なのだろう。繋いだ手を引っ張りながら「あれは何?」を繰り返し、店を渡り歩くライアンは子供よりも無邪気に見えた。

(犬のようだったり、子供のようだったり、忙しい人ね)

けれど、そんなライアンには好感が持てた。黙っていれば気品漂う貴人なのに、きらきらと目を輝かせている彼の姿を可愛いとさえ思った。

そうして広場へ出ると、すでに大勢の妖精たちが集まっていた。衣装の色こそさまざまだが、どの子も華やかで愛らしい。白い花飾りをつけている姿もちらほらとあった。そんな彼女たちがチラチラと視線を投げている先にいるのが、ライアンだった。

(まぁ、目立つわよね。見た目は素敵だもの)

極上の美貌に加え貴族のいでたちは、人でごった返す広場にいても異彩を放っていた。ただし、あくまでも見た目だけを評価するならばの話だ。

セレーナも初めて会った時は素敵な人だと思った。だが、彼の破天荒な言動が強烈すぎて、外見の美しさなどどうでも良くなってしまった。

「セレーナが一番だ」

広場を一瞥《いちべつ》したライアンが得意気に言い切る様には、もう失笑しか出ない。

嘆息してゆるりと視線を広場へ遣る。目の端に映った光景に、ゾクリ…と背中に悪寒が走った。

（あ……）

「セレーナ？　どうしたの」

「え？　ううん、何でもないわ」

「そうは見えない。顔色が悪いよ。――もしかして水が怖い？」

言い当てられて目を瞠《みは》った。なぜライアンがそう思ったのか理由を知りたくて彼を注視すると、漆黒の瞳がふいに翳《かげ》った。表情に傷心を浮かべてセレーナから視線を逸らせたのだ。

「その……、あなたが噴水を見た途端、顔を強張らせたように見えたんだ。だから水が怖いのかと思って」

（目敏《めざと》い人ね）

「よく分かったわね。……ううん、水じゃなくて噴水の丸い形が怖いの。って、言っても分からないわよね」

「そんなことないっ！　……嫌な思いをしたことがあるんだね」

心もち繋いだ手に力が込められた。

「うん。小さい頃に井戸へ落ちたらしいの。私はよく覚えていないけれど、体は味わった恐怖を覚えているのね。暗い場所も怖いのだけど、それもそのせいなのかも」

これ以上関わり合いになりたくないと思っている相手に身の上を話す気分になったのは、

先ほど見た彼の無邪気な姿に警戒心が緩んだのかもしれない。自分は情にほだされやすいという発見にそっと自嘲した。

「セレーナ」

手を引かれ、セレーナは思考を中断してライアンを振り仰いだ。すると、ライアンは何かを逡巡したのち、胸元から白い花飾りを取り出した。それは薔薇《ばら》とは少し風采《ふうさい》の違う細長い花びらが幾重にも重なった花で、三つ飾られてあった。大きさはセレーナの拳よりもひと回り小さいくらいだ。

ライアンは優美な仕草で片膝を折ると、それをセレーナへ差し出した。

「美しいセレーナ、どうか僕をあなたの宿り花に選んでください」

「——へっ!?」

セレーナが素っ頓狂《とんきょう》な声を上げてしまうほど、それは唐突な求愛だった。

どうして噴水の話からこの展開になったのか。セレーナは瞬きも忘れてライアンを凝視した。

「じ、冗談はやめてっ」

セレーナは顔を真っ赤にして後ずさるが、黒髪の間から覗く黒曜石の双眸は真剣だった。

ライアンは差し出した花飾りに口づけまで添えた。

「本気だよ。ひと目あなたを見た時から僕の心はセレーナ、あなたへ向かって走り出している。もう自分では止められないんだ」

「と、止められないって……、困るわ！」

「そうだね。今、あなたはとても困った顔をしている。僕はそんなあなたも愛らしく見えてしまう。――お願いだ、セレーナ。これからの時間で僕を知って欲しい」

「ライアン！　ちょっと待って!!　だって私たちは昨日会ったばかりでっ」

「時間なんて関係ない。僕はあなたの傍にいたいんだ。一番近くから僕を見て僕を知って、そして感じて。僕は気が狂いそうなほどあなたに恋をしている。僕にあなたを守らせて、全身全霊であなたを幸せにすると誓う。――僕では駄目？」

怒涛の告白に、セレーナはただ絶句するしかできなかった。

いつの間にか二人を取り囲んでできていた人垣は、固唾《かたず》を呑んでセレーナの返事を待っている。周囲から注がれる期待の視線を受けて、セレーナはさらにたじろいだ。

この日、いたる所で目にする光景なのに、どうしてセレーナたちの周りだけこんなにも人だかりができるのか。――決まっている。求愛している男が美丈夫の貴人だからだ。そして彼が熱烈に口説いている相手が、これまでまったく色恋に無関心だったセレーナなのだから、興味をそそられないわけがないのだ。

その彼女が珍しく華やかに着飾っていることが注目に輪をかけているのだが、容姿に無頓着なセレーナはそのことに気づきもしない。今はそんなことに気をまわしている余裕がなかった。

（――ずるいわ）

今、この場にいるほぼすべての人間がライアンの味方についていることを、セレーナは痛いくらい肌で感じていた。

美丈夫からの熱烈な求愛から始まる身分差の恋。

他人事なら心くすぐられる設定だろう。だから、ライアンはずるいと思った。

これが意図的であったなら、とんでもない策士だ。

「セレーナ、あなたが欲しい」

あぁ、なんて熱い言葉を紡ぐの。なぜ彼はそんなにも情熱的な眼差しでセレーナを見つめるのだろう。

セレーナは食い入るようにライアンを見た。

「――どうして私なの」

熱い想いが育つような時間ではなかったはずだ。会って間もないのに、なぜ彼の想いはこんなことになってしまったの。

問いかけると、恥ずかしそうに目じりを赤らめてライアンは答えた。

「ひと目惚れなんだ」

しかし、それはセレーナの心を動かす起爆剤には成り得ない。恋をしたことがないから、ひと目惚れの威力を知らないのだ。

「私はただの町娘よ」

「それを僕の愛を拒む理由にするつもり？」

眼差しに宿る情熱は本気だと伝えてくる。

(私にどうしろと言うの？)

セレーナが困惑顔で周囲を見渡せば、誰もが「受け入れろ」と強く頷き返してくる。

本当にそれでいいのだろうか。何かが違う気がしているのは自分だけなの？

漆黒の瞳は何かとても大切なことを隠しているようにも思えるが、宿る焔《ほむら》が眩しすぎて求めている答えが見えない。

美しい人だと思う。それでも彼に惹かれているわけではない。

セレーナは差し出された花飾りをじっと見つめた。

仮にこれを受け取れば、その瞬間から自分たちは恋人になる。今はそれでいいだろう。

だが、ライアンとは住む世界が違う。彼はいずれ貴族の世界へ戻っていく人だ。その時、自分はどんな気持ちでいるだろう。

「私……」

「お願い、断らないでっ」

「――」

先を読んだライアンが早口で懇願した。

「何も知らないうちから僕を拒絶しないで」

「ライアン、でも」

「友達からでも……いいから」

追いすがる震えた語尾に、いよいよ閉口した。

友達でもいいから繋がりが欲しい。

一心に見つめる眼差しが痛々しくて、断る理由が言えなくなった。

「セレーナ、お願いだ」

好きになったわけではない。まだ彼のいいところをひとつも見つけられない。けれども
こんなふうにセレーナを求めてくれた人はライアンが初めてだった。

(何も知らないうちから、か)

祖父もそう言ってセレーナを窘めていた。——ならば踏み出してみようか。

なぜセレーナなのか。

その答えは、きっとライアン・アルフォードという人間を知ることで見えてくるような
気がした。自分の何がこれほどまでに彼を惹きつけるのか、その理由を知りたいと思った。

セレーナは湧き上がる気持ちに背中を押されて、花飾りを受け取った。驚愕しか浮かんでいない美貌を見つめ、告げる。

「本当に友達からよ？」

その直後、周囲からは拍手喝采《かっさい》が沸き起こった。

☆★☆

四日間に及んだ花祭が終わると、カントゥルの町は日常の風景に戻った。

「くそっ、あと少しだったのに。おい、セレーナ！　とっとと伯爵を連れて帰ってくれ!!」

セレーナの勤める宿屋一階の酒場からは、最近こんな悲鳴をよく聞くようになった。セレーナの仕事終わりの時間に合わせてやってくるライアンが常連客たちとカードをやるようになったからだ。ただ、この男。かなりの強者だった。

「僕の勝ちですね」

ニコリと満足げに笑う美貌は、なんて庶民の酒場に似つかわしくない艶やかさだろう。

圧倒的な勝利ではなく、ギリギリの僅差での勝利。最後まで勝敗が分からない分、客たちはその一戦に白熱する。今やライアンとのカード勝負目当てにここへくる者もいるくらいだ。

「やっぱり勝ったのかい。食えない貴人さんだね」

厨房からアツアツの料理を手にやってきた女将が、盛り上がっているテーブルを見て呆れ顔で言った。

「どいつもこいつも伯爵に遊ばれちまって。まぁ、賭けているものが金銭でないことが可愛いね」

「あの人、ここでお金払ったのって初日くらいじゃないですか？　ビール一杯を賭けてカード勝負して。まぐれにしても勝ちすぎですよね」

トレイを胸に抱きながら愚痴ると、女将が驚いた声を上げた。

「あんた、本気でそう思ってるのかい？　あれがまぐれなものか。全部伯爵の策略だよ」

「えっ？　それじゃ、わざとああいう展開にしているってことですか？」

「でなけりゃ、顰蹙《ひんしゅく》を買っちまうだろ。あの連中もそれを知っていて挑んでるだろうけど、勝てそうで勝てない歯がゆさが楽しいんだろうね」

あの犬のようなライアンに、そんなはかりごとができるだろうか。

花祭でライアンの求愛を受け入れてからというもの、彼は一日と欠かさずセレーナのもとへ通ってきていた。その際、必ずセレーナへの贈り物を持参してくるのだが、やれシルク素材のパラソルだったり、手袋だったり、レースのハンカチだったりするのだ。どれも庶民には高価なものであり、ひとつも実用的ではない。

身分不相応な贈り物に首を振り続けた三日目の朝、ライアンがしょげた。

「迷惑だった？」

「そういうことじゃなくて、いただいても使うことがないの」

手袋で守るような指でもないし、セレーナの持っている衣装にパラソルは必要ない。レースのハンカチも同様の理由だった。

「……ごめん、僕ひとり舞い上がっているんだね」

玄関先で消沈する姿はまるで叱られた子供のようだ。悪いことをしたつもりなどなくてもセレーナの方が罪悪感を覚えてしまう。

「あの、でもこれは嬉しいわ」

ハンカチと一緒に渡された焼き菓子を握りしめると、みるみる美貌が輝いた。それからは焼き菓子や紅茶の茶葉が持参品となったのだ。

洗練された貴公子なのかと思いきや、ライアンは実に恋に不器用な男だった。涼しげな美貌はセレーナの言葉ひとつで一喜一憂し、少しきつい言い方をしてしまったとしても、翌日はけろりとした顔で玄関に立っている。

例えるなら、ライアンは犬だ。

常連客たちに小突かれながらも楽しげに笑う顔をぼんやりと眺めていると、「それにしてもイイ男だね」と女将が唸った。

「貴族様だからもっと嫌味な奴かと思っていたのに、気さくじゃないか。それで？　あんたたちはまだ〝お友達〟なのかい」

「……まぁ」

「何だいその生返事は。あれだけ熱烈な求愛を受けて心躍らないなんてさ、本当に色恋に興味がないんだね」

チラリとライアンを見遣りながら、女将は意味深な顔で口端を上げた。

「カーティスは何て言っているんだい？」

「特には、何も」

祖父も初めこそ渋い顔をしていたが、そのうち苦笑を浮かべるだけになった。健気に訪問を続ける姿にほだされたのだろう。

今やライアンがセレーナに入れあげていることは、カントゥル中の人間が知っている。

セレーナは買い物へ行く先々でライアンとの恋の進捗《しんちょく》具合を聞かれてしまう有様だった。

あの日、いくつもの求愛が行われたが、誰もが口を揃えてライアンが一番必死だったと言う。そしてその必死さは今も継続中だ。

ライアンの存在に戸惑っているのに、彼を突き放すこともできない。

彼は毎日せっせとセレーナのもとへ通い、愛を囁いてくる。雨風だろうと彼の愛はめげることはなかった。プレゼントを忘れたことは一度もないし、愛を囁き忘れたこともない。会うたびに最低十回は「可愛い」と言ってくる。

（どうして私なの？）

セレーナにも分かるような明確な言葉が欲しいのに、ライアンはいつだって「信じて、あなたが好きなんだ」としか言ってくれなかった。

ライアンがいじらしいほどこの恋に真剣なのは、十分わかった。

だからこそ、セレーナは戸惑ってしまう。

彼は貴族だ。やがて身分が釣り合った令嬢と然《しか》るべき結婚をする。そんな人を好きになっても仕方がないじゃない。もう二度と、愛する人と別れる悲しみなんていらない。

「セレーナ、仕事は終わり？」

「——えっ、あ……」

いつの間にか傍に立っていたライアンがセレーナを覗き込んでいた。女将を見るとはにかみながら頷かれた。

「うん、今終わったわ」

「それじゃ、帰ろうか」

言った手には見慣れないワイン瓶がある。視線に気づいたライアンは「彼からいただいたんだ」とさっきまでいたテーブルを振り返った。目が合ったのは酒屋の亭主だ。酒を配達しに来たついでに一杯飲んでいるのだろう。手を上げられて、セレーナも小さな挨拶を返した。

「おつかれさまでした」

「おつかれさん」と次々にかかる声に見送られ、ライアンと共に酒場を出る。

帰り道に手を繋ぐのも、いつの間にか日課になった。

「今日は買い物の日？　どこへ寄るの？」

週に三度、セレーナは仕事帰りに今夜の夕食の食材を買う。ライアンは女の子の一人歩きは危ないと言って朝と夕方の二回、必ず送迎をしてくれている。そのうちにそれを覚えてしまっていた。

家から酒場までせいぜい三十分の距離だ。これまでだって一度も危険な目に遭ったことはないし、セレーナを襲うもの好きがいるとも思えない。

過保護なライアンに呆れているのは、きっとセレーナだけではないはずだ。それでも道中を終始嬉しそうな顔をして歩く横顔を見せられると、どうしても嫌とは言えなかった。

「……たまにはうちで夕食を食べていかない？」

「いいの？」

ライアンはその美貌にありありと驚愕を浮かべた。

初めて彼を夕食に誘ったことが、そんなにも驚かれることなのだろうか。

「大したものは出せないけれど、それでもよければ」

「ぜひ！　ぜひ伺わせていただくよ」

「そ、そう？」

胸の前で握り拳を作らんばかりの勢いにたじろいでしまいそうになる。

「今夜はお魚にしようと思っているの。それ以外に何か食べたいものはある？」

「なんでも！　セレーナが作ってくれるものなら何でも食べるよ」

「毒入りでもかまわない！」と言い出しそうなライアンを横目に、セレーナは「う～ん」と頭を悩ませた。

「──が食べたい」

「え？」

「い、いやっ。何でもない。好き嫌いは無い方だから本当に何でもかまわないよ」

「それが一番困るわ。……まぁ、いいか。お店を覗きながら考えましょうか」

「うん！」

なぜ一瞬ライアンが呆けたのかは気になったが、ちぎれんばかりに尻尾を振るような姿に苦笑し「行きましょう」と誘った。隣を歩くライアンはこれまで見てきた中でも一番機嫌がいい。茜色に照らされる無邪気な笑顔は絵画よりも美しいと思った。

こんなに格好良い人が、なぜセレーナにご執心なのだろう。彼がその気になりさえすれば、社交界でも選びたい放題に違いない。それなのに、ライアンはセレーナがいいと言う。

彼の愛情に戸惑いながらも、そんな彼と過ごす時間が楽しいとも感じていた。

(どうしてか憎めないのよね)

女将の言葉ではないけれど、まったく貴族らしくないライアンの評価はセレーナの中で着実に上がっている。

お店でライアンと相談しながら食材を選び、買った品物はライアンが持ってくれた。彼は決してセレーナに荷物を持たせようとはしない。

「重くない?」

「大丈夫だよ、ありがとう」

「べ、べつに心配をしているわけじゃ」

蕩《とろ》けてしまいそうな微笑が紡ぐ感謝に、セレーナは思わず頬を赤く染めた。ライアンはそんなセレーナの手を握り、隣を歩いた。

こういう気遣いがこそばゆいと感じる。女性として扱われていることを意識させられるのは、とても恥ずかしいことだった。

ライアンの手はいつも少しだけ冷たい。滑《なめ》らかで大きな手だ。

彼に向ける気持ちがどの種類の好意かはまだ分からないけれど、この距離感も、彼の手も嫌いじゃない。

「こうしていると新婚みたいだね」

ただし、ライアンのご機嫌な暴走には「馬鹿」と釘を刺しておいた。


祖父と二人きりの夕食にひとり加わるだけで、こんなにも食卓は賑《にぎ》わうものなのか。

ライアンは酒屋の亭主からもらったワインを祖父と楽しそうに飲んだ。その後は、三人でカードを使って遊んだ。

「えぇっ、またライアンの勝ち!?　ずるいわっ」

「ずるくないよ、勝負の世界は厳しいんだよ、セレーナ」

何度やっても勝てない鬱憤《うっぷん》に口を尖らせると、ライアンと祖父に盛大に笑われた。

「さて、わしはそろそろ休ませてもらうよ。ライアン、今日はとても楽しかった。気をつけて帰りなさい」

「ありがとうございます」

「おやすみなさい、おじいちゃん」

祖父を見送ると、途端、場が水を打ったように静かになった。ぼんやりと灯るランプの橙色の明かりがライアンの美貌に陰影を落としている。つい夢中になって気がつかなかったが、すっかり夜がふけていた。ライアンは手際よくカードを切り片づけを始めた。

　セレーナは彼の手つきの鮮やかさに魅入っていた。

「カードの扱いがうまいのね。社交界でも友達とするの？」

「そうだね。あそこはここほど純粋にゲームを楽しめはしないけれど、するよ」

「純粋じゃないって、どういう意味？」

「賭ける金額や対象が違うんだよ。勝つためなら多少のいかさまだってやる。いかに自然に見せるかを追求すれば、嫌でも手慣れた感が出るよ」

「もしかして、酒場でもいかさまを？」

　不穏な台詞に視線を強めると、ライアンは「まさか」と強く首を振った。

「あそこの人たちを騙したりはしないよ」

「なら、いいけど」

　もしいかさまをしていたのなら、出入り禁止にするところだ。ライアンはまだカードを切っている。その様子から、もの言いたげな気配を感じた。

「ライアン？」

　呼びかけると、ライアンは思いきったように顔を上げた。

「ねぇ、セレーナ。よかったら今度、家に遊びに来てくれないかな」

「どうしたの、突然」

　ピタリとカードを切る手を止めて、ライアンが言った。

「今日のお礼がしたい。駄目かな。――それとも怖い？」

「怖くはないけれど」

おかしな問いかけに苦笑し、窺《うかが》い顔のライアンを見た。

「お礼なんて気にしないで。今日の夕食はたくさんのプレゼントと、いつも私を送ってくれていることへのお礼なんだもの。お礼のお礼なんておかしいわ」

「そう……だね」

ライアンはそう言って目を伏せたが、その様子はとても寂しそうに見えた。

「あなたは今、お屋敷にひとりで暮らしているの？」

「使用人はいるよ。でも、両親は亡くなっているし兄弟もいないから、実質ひとりなのかな」

「まぁ……、ごめんなさい」

「謝らないで。――そうだ、セレーナ。カードで決めないか？　セレーナが勝ったら僕の家へ遊びに来る。どうかな？」

「そんなのライアンが勝つに……、え？」

勝つに決まっている。そう言いかけて、違和感に気がついた。ライアンはしたり顔でカードを一枚、束の中から引き抜いた。

「だから、あなたが勝ったらだよ」

それをテーブルの上に伏せて置いた。

「このカードの数字が六よりも大きいか、小さいかで決めよう。ジョーカーが出たら引き直し。これなら勝率は公平だよね」

「待って。まだゲームに乗るとは言ってない」

「なんだ、負けるのが怖い？」

試すような口ぶりにムッとすると、ライアンはトントンとカードを指で叩いて返答を迫った。

「――怖くないわ」

「決まりだ。さあ選んで。このカードは六よりも大きい？　それとも小さい？」

悔し紛れに虚勢をはったが実は彼の口車に乗せられていたことに気づいても遅い。ライアンは嫌味なくらい余裕の表情でセレーナの決断を待っている。

(ライアンの家に行くくらい、大したことじゃないわ)

勝敗は二分の一。今回も負ければいいのだ。

「小さい」

「僕は大きいだ」

言って、ライアンが優美な仕草でカードを捲《めく》った。現れた数字はハートのエース。

「うそ」

「おめでとう、セレーナの勝ちだ」

何だろう、勝ったはずなのに猛烈な敗北感がある。何か細工をしたのかとも思ったけれど、一枚きりのカードに細工などできるはずもない。

（どうしてこんな時だけ勝つの⁉）

「明後日、あなたの仕事がお休みの日にしようか」

釈然としない思いはあるが、約束は約束だ。セレーナはしぶしぶ頷いた。

☆★☆

広場では住民たちが思い思いの時間を楽しんでいた。母親に見守られながら鳩を追いかける子供、ベンチに腰かけ談笑する老夫婦、愛が芽生え始めたばかりの恋人たち。

セレーナは馬車の中からその様子に一度だけ目を遣り、視線を膝へ落とした。

「嬉しいよ、招待を受けてくれて」

隣に座るライアンの弾んだ声に、セレーナは辟易《へきえき》した。

「勝負だからね」

強調したところで、上機嫌な男はまったく聞いていない。ゆったりと座面に腰かけ、長い足を持て余すように組んでいる。たったそれだけなのに、やたら色気を感じさせるのは普段よりも気合いが入った服装のせいだろう。

「好きな子を家へ招待するのならお洒落は当然だよ」

と言っていたが、セレーナに至っては普段着のままだ。いつもの服にいつもの髪型。編んだ毛先を持ち上げて、小さく息をついた。

（もっとましな格好をしてくればよかった）

曲がりなりにも伯爵家へ行くのだから、もう少し〝いい服〟を着てくるべきだったのではないか。

初めて自分の無頓着さに恥じらいを覚えてもここは馬車の中。御者に操られ、まっすぐアルフォード家が所有する別荘へと向かっている。

「どうしたの？　何か不快な思いをさせている？」

「ううん、そうじゃないの」

ただ、自分の格好が恥ずかしいだけ。

とも言えず、セレーナはキュッとスカートを握りしめた。

それだけでライアンはセレーナの杞憂《きゆう》を感じとったのか「セレーナはいつも可愛い、大好きだよ」と、蕩《とろ》けるような甘い眼差しで愛を囁いた。繋いだ手を持ち上げ、指先に口づけられる。

柔らかい唇の感触に、トクン…と鼓動が高鳴った。

（え……、どうして）

ライアン流の挨拶に、頬が熱くなった。普段より濃い色気に当てられたのだろうか。セレーナを捉えている黒い瞳から目が離せずにいる時間だけ、体が火照《ほて》ってくる。

「可愛い、セレーナ」

「だ、駄目！」

艶めいた声を一喝して、慌てて手をライアンの手の中から引き抜いた。何が駄目なのかも分からなかったが、動揺を悟られたくなかった。

ライアンははにかみながら肩の力を抜いて、再びセレーナの手を握った。また口づけられるのかと身構えたが、ライアンはただ握っていたいだけのようだった。

慣れてしまった行為にセレーナも緊張を解いて、また視線を窓の外へ向けた。

二人を乗せた馬車は郊外へ入り、大きな錬鉄の門を潜った。この先はアルフォード家の私有地だ。馬車は速度を幾分落とし、さらに敷地内を滑走していく。

（どこまで行くのかしら）

なんて長いアプローチだろう。

門を潜ってから、随分走った気がする。それでも馬車の窓はまだ林の風景しか映していない。ともすればカントゥルの町ひとつくらい余裕で入ってしまいそうな敷地面積に感嘆する一方で、彼とは住む世界が違うことを改めて実感させられた。

見えている景色すべてがライアンのものなのだ。

徐々に林の密度が減り、木々の隙間から蒼い空が見えてくる。完全に林が途切れると、眼前に現れたのは手入れの行き届いた芝生が茂る広大な庭と、白亜《はくあ》の館。アルフォード家の別邸だ。

馬車は正面入り口で止まり、セレーナはライアンに手を引かれて建物へと案内された。

玄関ホールに足を踏み入れた直後、空間を飾る芸術品に圧倒された。

「すごいわ」

階段沿いの壁面に飾られた幾多もの装飾画に目を奪われた。金縁に飾られた絵画は大小さまざまだったが、計算された配置で空間すべてをひとつの芸術にしている。

落ち着いた色合いの空間を飾る鳥籠を模したシャンデリア、ホールに鎮座するテーブルセット、重厚な雰囲気に感じられるもてなしの心。

これが貴族たちの住む世界なのか。

初めて目にする光景に、セレーナは感動に呑み込まれてしまった。

「セレーナさえよければ、屋敷の中を案内するよ」

「いいの？」

「もちろん。さぁ、おいで」

上流階級の芸術に目を輝かせると、ライアンが優しい仕草でセレーナを促した。

豪奢なシャンデリアが輝くサルーン、鶯《うぐいす》色の壁に白地の漆喰《しっくい》を浮き立たせた装飾が施された明るい食堂、図書館、娯楽室。ライアンは芸術に造詣《ぞうけい》があるらしく、セレーナの質問にも丁寧な解説を添えながらすべて答えてくれた。

セレーナの好奇心は邸宅内だけには収まらず、中庭にまで及んだ。

（どうしてかしら、初めて来たのに懐かしい気持ちになる）

セレーナに貴族の知り合いはいない。既視感を覚えるはずがないのだ。

「あら、あそこにも中庭があるのね」

ちょうど、メイドルームの前に当たる空間に小さいながらも整備された中庭があった。

「あぁ、……うん。彼女たちにも美しい景色を楽しんでもらいたいからね」

「ふふっ、優しいのね」

見慣れない芸術に高揚しているセレーナはライアンの声音の変化に気づかなかった。

もっと近くで見てみようと歩き出したところで、彼に止められる。

「あぶ……っ、いや。あそこは使用人たちの空間だから遠慮しないか？」

「えっ？　あの、ライアン？」

一瞬、何か違うことを言いかけていた気がしたけれど。訝しげに首を傾げるセレーナを、ライアンは背中に回した手でその場から遠ざけさせた。

「南側にも素敵な中庭があるよ。温室もあるからそっちへ行こう」

「う、うん」

（いったい、どうしたの？）

問いたかったけれど、ずんずん歩いていくライアンの背中は「聞かないで」と言っているように見えた。

（まあ、いいか）

他人に見せたくない場所くらいあるだろう。

屋敷を案内してもらっている間に、空は曇天《どんてん》へ変わっていた。風に揺れる葉の音とわずかに湿り気のある空気が、もうすぐ雨が降ることを知らせている。遠くからは雷鳴が聞こえていた。

「にわか雨だと思うけれど、嫌な空模様になってきたね。散策はまたにして一旦、屋敷へ戻ろうか」

「うん」

せっかく南側の中庭をゆっくり見て回りたかったけれど仕方がない。

「楽しんでもらえたかな？　嫌な気分になったりしていない？」

「そんなことないわ。おかしなことを言うのね」

クスクス笑うと、ライアンがホッと安堵の表情を見せた。

「よかった」

「招待してくれてありがとう。とても素晴らしかったわ！　今回だけは負けて正解だったみたい」

「あれ？　セレーナは勝ったからここにいるんだよね」

「でも負けた気分になったのは本当だもの」

「それはつまり、僕の家に来るのが嫌だったということ？」

「べ、べつにそういう意味じゃ……、もう！　意地悪っ」

図星を指されてむくれると、ライアンは声をたてて笑った。

（嫌味な人、知っていてわざと突いてくるのね）

ライアンは初めから、セレーナがこの招待に乗り気でないことに気づいていた。それを無視してもここへ連れてきたいと思った理由は何なのだろう。

むせ返るくらいの愛は囁いてくれるのに、肝心なことは何ひとつ教えてもらっていない気がする。ライアンとの距離が近づくほど、その見えない部分の陰は濃くなっていた。

（こんな風に笑える人なのに）

どんな秘密を抱えているのだろう。

セレーナの中にいるライアンは、涼しげな雰囲気の美丈夫ではない。太陽が似合う笑顔をしたこのライアンだ。どれだけ見ていても飽きることのない豊かな表情と、セレーナに向けられる一途な想い、時間の許す限り一緒にいたがる姿に、何度犬の尻尾と耳を見ただろう。

幼い頃犬に追いかけられて以来、犬が苦手なセレーナでも思わず手を差し伸べたくなる存在。それがライアンだった。

眩しい笑顔に目を細めると、ライアンも愛《いつく》しみを宿した眼差しを向けた。

なんて綺麗な人なの。

ライアンが立ち止まると、セレーナの足も止まった。また心臓が高鳴った。捕らわれた視線を外せずにいると、少しずつライアンとの距離が縮まってきた。おのずと視線が彼の唇に集まる。

（あ……、私）

抵抗しなきゃ、と思った直後。

空に雷鳴が轟《とどろ》いた。瞬く間に大粒の雨が大地を叩き、土砂降りの雨に覆われる。

「セレーナ、こっち！」

叫び、ライアンが手早く上着を脱ぐとそれでセレーナを覆い、抱えるようにして走り出した。セレーナも必死に足を動かすが、雨は容赦なく二人に降り注いだ。

彼は中庭の隅に建てられた扉を蹴飛ばすように開け飛び込んだ。セレーナを抱え込む格好で中へ入ると、背中で扉を閉めた。刹那、アーチ状の大きな窓硝子越しに眩《まばゆ》い閃光《せんこう》が走り、間髪を容れずに轟音《ごうおん》が鳴り響いた。

「きゃ……っ！」

「大丈夫」

ライアンは雷鳴音から守るように、セレーナを抱きしめた。

「大丈夫、僕が傍にいるよ」

腕に力が込められると、さらに深く腕の中へ包み込まれる。

（あ……）

顔を埋めた胸板は硬く、彼が着やせすることを知った。痩躯《そうく》に見えていても、ライアンは男性なのだ。

初めての抱擁で気づいた事実は、一気にセレーナの鼓動を跳ね上げた。

思いがけない力強さと感じた他人の温《ぬく》もり、鼻孔をくすぐるのは彼が好んで使っている白檀《びゃくだん》の香りだ。今はそれに雨の匂いも混ざっている。

「大丈夫、怖くない？　ごめんね、ここには十分な明かりを置いていないんだ」

暗闇が怖いと言ったことを、彼は覚えていてくれた。

驚きに顔を上げると、また「ごめんね」と言われた。この状況が自分のせいであるかのような苦しげな表情に、ライアンの優しさを感じた。

「大丈夫よ、ここはそんなに怖くないから」

雷鳴の光ではあるが、明かりもある。ライアンもいてくれる。腕を上げて、そっとライアンの頬を撫でた。セレーナ以上に何かに怯えている姿に、どうしようもない切なさを覚えた。

「ライアン、何が怖いの？」

問いかけると、ふるりと黒い瞳が傷心に揺れた。セレーナの掌《てのひら》に頬を寄せ、その手をギュッと握りしめながら必死に何かに耐えている。

「ライアン？」

「……ごめんね、セレーナ」

「――うん」

突然のにわか雨に降られたことだろうか。そうではない気がしたけれど、あまりにもライアンが辛そうだから、セレーナは彼の謝罪を受け入れることにした。

ライアンは薄目を開けて、悲しげに笑った。

「僕は……卑怯者だ」

悲痛な声音に、いよいよセレーナは体を起こした。

本当にどうしたのというのだろう。

食い入るようにライアンを見つめ、自分を卑怯者だと揶揄《やゆ》した理由を視線で問う。

「ライアン？」

「あなたはとても優しい人だね」

呟き、また深くセレーナを抱きしめた。

脈絡のない謝罪と懺悔《ざんげ》から感じたのは、ライアンが抱くとてつもなく深い悔恨《かいこん》の情。

なぜ彼はセレーナに詫びたのだろう。

理由を知りたいけれど、彼は話してくれない気がした。

彼のことを分かっていないくせに分かったふうな気になった自分がおかしくて、小さく笑いながらそっと彼に体を預けた。気持ちが落ち着くと、強烈な花の芳香を感じた。

「ここ、温室？」

身じろぎ顔を上げた。建物いっぱいに色とりどりの薔薇が咲き誇っている。迫りくるような圧倒的な存在感に、セレーナはしばし言葉を忘れた。

体を囲っていた腕の力が緩むと、セレーナは薔薇のすぐ近くまで歩み寄った。触れた真紅の花びらは、ベルベットよりも上質な質感だった。

それらの中で、ひと際存在を誇示する白い群生があった。

「あの花、もしかして」

セレーナは目に留まった白い薔薇を指差し、傍に立ったライアンを見た。

長い花軸に、いくつもの花が並んで咲いている。細長い花びらが幾重も重なったそれは、ライアンがくれた花飾りの花とそっくりだった。

「うん。あの花飾りについていた花はこれを模したんだ」

「そうだったの」

この群生一帯は特に花の芳香が強い。立っているだけで匂いに酔ってしまいそうだ。

ライアンは薔薇を一本手折ると、セレーナへ差し出した。

「まだ僕はあなたの宿り花にはなれない？」

「え……」

「僕は嫌われていない、そう思い上がってもいいのかな？　さっき、セレーナが僕を受け入れてくれかけた気がしたのは錯覚だった？」

唐突な告白にうろたえれば、「逃げないで」と眼差しで懇願された。

「僕のことは嫌い？」

花を手に握らせ、その手ごとライアンの両手で包まれる。

「……ずるいわ、そんな聞き方」

「卑怯だよね、分かっているよ。でも、それでも僕はあなたから好きだと言われたい。今すぐ愛をくれなくてもいいから、どうか嫌わないで」

包んだ手に口づけ、彼は「愛してる」と囁いた。

「あなたがいないと、もう生きていけない」

指先に触れる吐息の熱にセレーナの体温もつられて上がった。

（どうして……？）

「どうして、私なの」

何度も問い続けた言葉を、今また口にした。ライアンは胸が痛くなるほど切ない微笑を浮かべ、セレーナを引き寄せた。

「あなたでないと、駄目なんだ。この小さな手も、細い腕も、柔らかい黒髪も、この唇も、セレーナのすべてが愛しい」

言葉が指す場所を彼の指先が辿る。

「あ……っ、待って」

「もうたくさん待ったよ。セレーナ、……触れてもいい？」

「ライ……、んっ」

くいっと後頭部を後ろに引かれた直後、口づけられた。一瞬触れてすぐに離れた。だが、ライアンは何かを振り切るように目を眇《すが》めて、また唇を合わせた。

「んんっ……」

「愛してる」

囁き、舌先が唇を舐めた。持っていた薔薇がはらり…と手から零れ落ちる。生温かい感触に怯えた隙に唇を割って舌が口腔へ潜ってきた。初めて知る感覚に反射的に腕を突っぱねるが、腰を絡め取られ抵抗を塞がれた。

大丈夫だと言わんばかりに、背中を撫でられる。ライアンは何度も角度を変え、セレーナの唇を貪った。

小柄なセレーナと長身のライアンとでは背伸びをしても、彼の肩ほどしかない。苦しい体勢に身を捩《よじ》ると、ライアンは軽々とセレーナを横抱きに抱き上げた。そうして温室に置かれていたテーブルに腰かけさせられ、見つめ合った。

「愛してるよ、ずっと愛してる」

足の間に体を割り込ませながら続ける激しい口づけ。テーブルについた彼の二の腕が、覆う体躯が、塞ぐ唇が、セレーナを囲う檻となり、抵抗も逃走も叶わなくなった。

舌先で上顎をくすぐられるたびに生まれるむずがゆさがある。少し擦るような動きに変わると、それはより鮮明になった。やり場のない舌を絡め取られ、口の中で弄ばれる。

息継ぎの仕方も知らないセレーナの思考は、ライアンの濃厚な口づけと薔薇の甘い香りで、徐々に朦朧《もうろう》となってきた。

「もう少しだけ唇を開けて。赤い舌を見せて」

言われるがまま口を開けると、「可愛い」と言われた。

飲み損ねた唾液が口の端から喉へ伝う。心臓は痛いくらい早鐘を打ち続けているけれど、何に対して警鐘《けいしょう》を鳴らしているのかが分からない。

ライアンの手がゆっくりと服をずり下げ、肩を剝《む》いた。

「綺麗だ……」

うっとりとした声音で呟き、そこにも口づける。

体中に薔薇の香りが充満していて、まともに考えられない。セレーナがさして抵抗らしいものを見せないでいると、ライアンの行為は少しずつエスカレートしていった。反対の肩も剝かれ、ずり下げられた服から乳房が零れた。

「や……っ、だめぇ」

空気に触れる面積の大きさに身じろぎするが、動きはひどく緩慢《かんまん》だった。むせ返る薔薇の香りに酔ったのかもしれない。

「セレーナ、見せて。すごく可愛いんだ」

「あぁ……っ」

両方の手で包まれた乳房にライアンが顔を寄せた。薄桃色の頂《いただき》を口に含まれると背中が弓なりに反った。唇で食まれた後、舌を這わされる。ざらついた感触でねっとりとねぶられる刺激に怯え、セレーナは嫌々と首を振った。

「そんなこと……しない、でっ」

「じゃあ、これは」

「あぁ、ん！」

こり…と突起に歯を立てられ走った感覚に、セレーナはあられもない声を上げてしまった。羞恥に泣きたくなりながら慌てて口を噤《つぐ》み、ライアンの体を押しやろうとすることで必死の抵抗を試みる。

だが、思うように力が入らない。これでは彼の肩に手を添えているだけだ。

ライアンへの想いが何なのかも分からないのに、こんなの間違っている。

「ライア…ン、私……っ」

「可愛いよ、セレーナ。もうこんなに固く尖ってる」

「や……ぁ、あぁ」

乳房を握った指の隙間から飛び出した突起を、ライアンは舌先で突いた。

（あぁ、私の胸を……あんな風に）

卑猥な光景に涙が零れた。恥ずかしくて、いっそ気を失ってしまいたいのに、じくり……と感じたことのない疼きを下腹部に覚えた。それは徐々に熱を帯び、全身に広がる。むずがゆさを散らしたくて、セレーナは腰を揺らめかせた。

大きく開かされた足からはドロワーズの裾が見えるほどワンピースの裾がめくれあがっていた。それがまたセレーナの羞恥を煽《あお》り、ライアンに気づかれないうちに隠してしまおうと手を伸ばしたのだが、あっさりと阻まれてしまう。

しかもライアンは、摑んだ手をセレーナの大切な場所へとあてがったのだ。

「あ……」

股の付け根、愛する人だけが触れる場所は布越しでも生温かかった。微かに湿り気を帯びた場所をライアンはセレーナの指を使ってゆるり、ゆるりと撫でた。

「やめ……て、触らないで」

「あなたの手だよ」

それを強いているのは、ライアンではないか。言い返そうとした矢先、ライアンは秘部をなぞっていたセレーナの指を口に含んだ。

「や……だ、やめて！」

ライアンは欲情を湛えた双眸を細くし、もう一度指先に口づけてからセレーナの足の間から体を抜いた。

ホッと胸を撫で下ろすや否や、揃えられた下肢からドロワーズが抜き取られた。再び膝を割られれば、ライアンの眼前に大切な場所が晒《さら》される。セレーナが慌ててスカートで隠そうと手を動かした直後、跪《ひざまず》いたライアンがその場所に顔を寄せた。

「あ、あ……っ、うそ……っ、やめ…、て！」

……じゅる。

「やぁっ！」

水を啜《すす》る音と同時に襲ってきた、感じたことのない刺激。秘部を這うものがライアンの舌だと認識できたのは、生温かいものが蠢《うごめ》いたからだ。

「そんなとこ……っ、だめ。あ……っ、あぁ！」

足を閉じ、必死にライアンを追い払おうとするが、腰を抱えるように押さえこまれてい

るせいで思うように動かない。

「やめ、て……、そこ汚…いっ、あ……っ」

ならばと股に埋まった顔を押しのけようと黒髪に手を入れ引き剝がすのだが、ライアンの生む刺激が鮮烈すぎて指に力が入らなくなっていた。

肉襞を舐められる恐怖、舌の感触が生むむずがゆさ、時折体の奥から何かが流れてくる感覚に慄《おのの》き、そのたびに秘部に力が入った。

「あぁっ！」

「セレーナの体はどこも淡いのに、ここだけは熟《う》れた果実みたいに真っ赤だ」

突然、強烈な刺激が脊髄を駆け上がった。ぶるりと胴を震わせ、セレーナはライアンの髪を握りしめる。

「だめ……、だめだったら！」

「可愛い、すごく可愛いよ。セレーナ」

「ちが……う、お願い。はな……放してぇっ」

「あぁ、これがセレーナの味か、すごく……美味しい」

ずず…と秘部から溢れる蜜を吸われた音をかき消したくて、秘部をライアンへ押しつけてしまった。肉厚の舌が少しだけ蜜口へと押し入る。

「ひ……ぁ、あぁ」

わずかだが体内で蠢《うごめ》くものを感じて、セレーナはぶるりと身震いした。

させた。

　本当におかしくなってしまいそうだった。羞恥を感じているはずなのに、体がどんどん開いていく。むせ返る薔薇の香りが理性を霞《かす》めさせ、何が正しいことなのかも分からなく
「あ…ぁぁ……っ、やめ……」

　感じるむずがゆさが何であるかは、本能が教えてくれる。――快感だ。

　セレーナはライアンに辱められて快感を覚えている。

　秘部がひくつき、ライアンの舌を内へと招き入れようとしている。

　温室の外ではまだ雷鳴が轟いている。時折強い光が瞬き、一瞬だけ室内に二人の影を映した。窓を叩く雨の音がはしたない嬌声を消してくれればいいのに。

　しきりに腰をくねらせ、覚えた快感によがった。もうライアンを引き剝がすことなどできなかった。セレーナはテーブルに二の腕をつき、ライアンの愛撫に翻弄された。自ら大きく股を開き、目を閉じて肉厚の感触に全神経を集中させる。

「セレーナ、目を開けて」

　乞われて、ゆるゆると目を開ければ、散々弄られた場所にライアンが指をあてがうところだった。蜜口の入り口を執拗に刺激され、指先が中へ潜りたいとねだっている。そのうちくち、くち…と指先に蜜が絡む音が聞こえてきた。

「だめ……、触らないで」

「すごくヒクヒクしてる。気持ちいい？」

セレーナは首を振って否定した。愛しているか分からない人に弄ばれて快感を覚えていることを、どうしても知られたくなかった。

「中も触りたい」

「だ……め」

「どうして」

問いかける間も、指は入り口を突いてくる。セレーナはか細い声を零してやめてと泣いた。

「だって、分からない……から。あなたを愛してるのかも……あぁっ！」

言い終える前に、ライアンの指が中に潜った。

押し込まれた異物感に目を剝き、思わず指を締めつけた。腰を引いて逃げ出そうとすると、指が内壁を擦った。その刺激に顎を反らせれば、伸びあがったライアンにまた唇を塞がれた。

「ふ……う、んんっ。……はぁっ、抜い、てぇ……っ」

蜜の味が残る口づけに不快さを覚えたのも一瞬、指の律動にそれどころではなくなった。

唇から逃れて、セレーナが懇願した。

「痛い？　でもここはすごいことになってる。熱くて柔らかくて……ああ、最高だ」

「あ……、あ……っ」

断続的な痛みにろくな言葉が出てこない。

花芯を親指の腹で押し潰されながら、差し込んだ指が秘部を蠢いている。狭い肉道は溢れる蜜を潤滑油にしてもまだ辛い。ちりちりと肌の内側で息づいていた快感たちが突如、自我を持って動き出した。一斉に一点を目指して疾走する。

「あ……なに、これ……っ。こわ…いっ、なにか……くる！」

「大丈夫、怖くないよ」

「や、やぁ……っ」

穏やかだった水音が次第に速度を上げていく。下肢の付け根がちりちりと熱い。子宮が生き物のように震えている。自分の体に起こっていることすべてが恐ろしくて、セレーナはライアンに縋った。

そうして集約された快感に子宮が限界を訴えた次の刹那、

「愛してる」

ライアンの囁きで、快感が弾けた。

感じたことのない強烈な快感に、セレーナはそのまま意識を手放した。

☆★☆

目覚めた時、セレーナはアルフォード邸の客室のベッドの上だった。薄い綿生地の白いネグリジェに着替えさせられていたことに驚くと、雨に濡れていた服をライアンが着替えさせたのだという。シンプルなハイウエストのネグリジェはまるでセレーナのために誂《あつら》えたように、丈の長さや肩幅までぴったりだった。

セレーナはすぐに自分の服を返してもらい、逃げるようにライアンが用意した馬車へ飛び乗った。

以来、ライアンが訪ねてきても居留守を使い続けている。

そんな日が十日ほど続いたある日。

「セレーナ、いい加減会っておやり。今日はとても大切な話があると言っているよ」

部屋でじっとライアンが帰るのを待っていたセレーナは、ベッドの上で膝を抱えながら首を振った。

「……おじいちゃんが聞いて」

「何があったかは知らないが、一度きちんと彼に向き合うべきだ。嫌いならそう伝えてきなさい。一方的に避けても解決はしないよ」

「会いたくないの」

「セレーナ、今日会わなければ本当に会えなくなってしまうよ」

祖父の言葉に、セレーナは少し顔を上げた。腕の隙間から祖父を見遣ると、「領地のカムエウスに戻るそうだ」と教えてくれた。

「――え」

(ライアンが――、帰る？)

反芻した言葉は思いのほか衝撃的で、セレーナはすぐに言葉を紡げなかった。

「最後にどうしてもセレーナに伝えたいことがあると言っているよ。どうだい、セレーナ。それでも会ってやれないか？」

完全に顔を上げたセレーナに、祖父は諭すように言葉を重ねた。

セレーナはぼんやりとした眼で祖父を見つめ、ゆるゆると視線を窓の外へ移した。

ライアンが自分の領土へ帰ってしまう。そうなれば祖父の言う通り、もう本当に会うことはないだろう。——いや、会えない。

『セレーナ』

不意にライアンの声が聞こえた気がした。初めて会った時から心地良い声だと思っていた。あの声だけは初めから好きだった。

(好き……？)

少しも貴族らしくない気さくさと、恋に不器用な美貌の貴人。追い払ってもへこたれず、毎日会いにきた。二言目には愛を囁き、どこへ行くにもついてくる、ちょっぴり変わった人。

動物は苦手だけれど、犬みたいなライアンは嫌いじゃなかった。セレーナへの愛を公言されることにも慣れた。

(会えなくなる……の？)

近頃はいつも傍にいた人だから、これからもそうだと心のどこかで思っていた。忘れていたのだ、彼は貴族でセレーナとは違う世界で生きる人だということを。

これまでは彼が貴族と平民の垣根を越えてきてくれたからこそ、持てた時間なのだ。けれど、セレーナに同じことはできない。それが二人の間に生じる身分という壁だ。

会えなくなる。二度と彼の顔が見られなくなる。

そう思ったら、たまらなくなった。

耳に届いた馬車の動き出す音に、セレーナは弾けるように部屋から飛び出した。玄関へ出ると、ライアンを乗せた馬車がゆっくりと坂道を下っていき始めていた。

「待って!!」

叫び、馬車の後を追って駆け出した。

「待って！　ライアン!!」

みるみる開いていく距離を埋めようと大声で叫ぶ。

聞こえていないのだろうか、それとももう見限られてしまったの。

途端、涙が溢れてきた。

「ライアン！」

こんな別れ方は嫌。二度と会えないなんて、絶対に嫌――。

(ごめんなさいっ、ごめんなさい)

会わなかったのは恥ずかしかったからだ。あんなことをした後で、どういう顔をしたらいいのか分からなかった。ライアンは毎日好きだと言ってくれたけれど、セレーナは一度も彼に想いを伝えていない。ライアンへ抱く感情が何なのかも分からなかったくせに、体だけ開いてしまったことがひどく不純に思えたのだ。

もしかして、自分は淫乱なのかもしれない。

愛しているかも分からない男に触られ感じてしまったのだから、きっとそうなのだ。

そう思ったらいたたまれなくなり、ライアンの顔をまともに見ることができなくなった。彼がセレーナにどんな印象を持ったのかを知るのが怖かった。

なのに、それはひどく心を傷つけてきて、ライアンの顔を見ない一日は嫌になるほど長く退屈だった。気がつけば、ライアンのことばかり考えていた。ふとした拍子に彼の存在を思い出していた。

ライアンの声、笑顔、手を繋いだ時の少し冷たい体温、……彼の唇。

(好き、なのっ)

本当はとっくに好きになっていたのだ。けれど、認めてしまうのが怖かった。

彼はこうやって突然いなくなってしまう人だから。結ばれない人だと知っていたから、恋心を認めたくなかった。

(あぁ、私は何をしているの――)

往生際の悪い自分に嫌気を感じながらも、ライアンを追いかける足は止まらない。こんなにも全力で走り続けたのは初めてかもしれない。走りすぎてわき腹が痛い、上がった息がうまく飲み込めない。徐々に速度が落ちて、涙と汗で視界がぼやけた。

（ライアン……ッ！）

届かない声と小さくなった馬車の姿に、とうとう足が止まってしまった。膝に両手をつき、項垂れた。地面に涙の染みが点々と滲んだその時だった。

「セレーナ!!」

遠くからセレーナを呼ぶ声がした。セレーナは空耳かと顔を上げた。すると、道をかけてくる姿があった。

「ライ……アン？」

「セレーナ!!」

叫び、攫うようにセレーナを抱きしめた。

「あぁ、セレーナ！　セレーナ……ッ」

「ライアン……？　ほん、とに」

「ごめん、セレーナ。待てなかった僕を許して」

ライアンは腕の中の存在を確かめるように何度も腕に力を込め、セレーナを呼んだ。セレーナも彼の背中に手を回し、力いっぱい抱きしめた。

胸に顔を埋めると、馴染んだ白檀の香りがする。

（あぁ、ライアンだ……）

「領地へ戻ってしまうの？　もう田舎は飽きちゃった……？」

「違うよ、そうじゃない。ごめんね、どうしても戻らなければいけない理由ができたんだ」

「どういうこと……？」

苦しげな告白に、セレーナはゆるゆると顔を上げた。

「以前から侯爵家令嬢との婚約話があるんだ」

「結婚……する、の？」

震えた問いかけに、ライアンは否定も肯定もしない。

（あぁ、こんなことって……ひどいわ）

セレーナは溢れる涙もそのままにゆるりと体を起こした。

「セレーナ……ッ」

離れていこうとするセレーナをライアンが慌てて引き戻す。セレーナは身じろぎ、嫌がった。

結婚するのならどうして戻ってきたりしたの。なぜ今、セレーナを抱きしめた。

沸々《ふつふつ》と込み上げる憤りが熱い涙となって頬を伝う。

「……とう」

ライアンはその美貌に傷心を浮かべた。その瞬間、感情が溢れた。

「おめでとうなんて、言えるわけないっ!!」

セレーナは振り上げた腕で何度もライアンの胸を叩き、子供のように泣きじゃくった。

「婚約の話があるならどうして……、どうして好きだと言ったの！　私のことは初めから遊びだったのね!!　ひどいわっ」

「違うっ！　僕は本気であなたを愛してる。今もそうだよ、セレーナ。欲しいのはあなただけだ」

「でも結婚するじゃない！　私以外の人に愛を囁いて、その方を……あんな風に抱くのでしょう？　そんなの嫌よっ、――愛してるって言ったくせに！　ライアンの嘘つき!!」

「セレーナ……ッ」

たまらないと頭を振り、ライアンがセレーナを抱きしめた。

「そんなに可愛いことを言わないで。今の僕にはあなたが僕を愛してくれているようにしか聞こえない。そんな都合のいい夢を見せないで」

歓喜が滲んだ囁きにセレーナはカッと頬を染めた。感情のまま叫んだ言葉たちは紛れなくセレーナの本音であり、焼きもちだ。一瞬で体中の血が沸騰《ふっとう》した。

「セレーナ」

耳の先まで真っ赤にしながら慌てふためくと、優しい声音で呼ばれた。おずおずと顔を上げれば真剣な眼差しがそこにある。

「僕と一緒にカムエウスに来て欲しい」

言って、腕を解くと衣服が汚れるのも厭わずその場に片膝をついた。手を取り、一心にセレーナを見上げて言った。

「僕と結婚してください」

瞬間、セレーナの時が止まった。灰色の目が零れ落ちるほど見開き、ライアンを凝視する。

「婚約の話は必ず破談にさせる。それが叶わなければ、僕はこの地位を捨てるよ。あなたを愛すること以外は何もできない男だけれど、僕の妻になって欲しい。セレーナ、僕はあなた以外、愛せない。……お願いだ」

指先に押し当てられた唇が可哀想なほど震えている。ライアンの手はいつも以上に冷たかった。

「セレーナ、僕を選んで。僕だけの花嫁になってください」

ライアンの緊張が痛いほど伝わってくる。震えた語尾に彼の不安が滲んでいた。

これほど自分を求めてくれる人が他にいるだろうか。

(どうして私なの)

貴族である彼がなぜセレーナを選ぶのか。何度聞いても彼の答えは「好きなんだ」だった。

だが、セレーナはその言葉の後ろに隠れる彼の心がもっと違うことを伝えたがっている気がしていた。

漆黒の双眸を食い入るように見つめる。

求婚を受け入れれば、彼の心の声が聞けるのだろうか。

だが、そのためには今の生活を捨てなければいけない。セレーナは暮らし慣れた町を離れ、ひとり知らない土地へ行く。そこはまさに別世界だ。果たしてセレーナに耐えられるだろうか。

（それならどうして彼を追いかけてきたの）

もっともらしい理由ならいくらでも思いつく。けれど、そこには一番大切なことが抜けていた。

セレーナが彼と離れたくなかったのだ。

（私は選んでいたのね）

セレーナは触れ合っている手をじっと見つめた。心はとうにライアンと共にあることを選んでいた。迷う理由など、家を飛び出した時点でなくなっていた。

ほら、目の前の男がこんなにも愛おしいと思える。

セレーナは両手でライアンの手を包み、向かい合うように両膝をついた。

「はい」

頷いた瞬間、心に温かい感情が満ちた。セレーナは浮かぶ涙もそのままに、ライアンをまっすぐ見つめた。

「私を連れて行って」

直後、歓喜に震えるライアンに強く抱きしめられた。

☆★☆

カントゥルを染める夕焼けの空に婚礼の鐘が鳴り響いた。

「おめでとう、セレーナ」

「ありがとう、おじいちゃん」

結婚の意志を固めた後、ライアンはセレーナを馬車へ乗せると、その足で祖父のもとへ行った。てっきり家に送ってくれるのだと思っていたセレーナを待っていたのは、予想もしない展開だった。

ライアンは祖父にセレーナとの結婚の意思を伝えると同時に、なんとこれからカントゥルの教会で式を挙げると言い出したのだ。これにはセレーナはもちろん、祖父も目を丸くし言葉を失っていた。

「そんなに慌てなくていいだろ」

「申しわけありません。どうか僕の我が儘を許していただけませんか。カムエウスでの所用を終え、再びこの地に彼女を迎えにくるまでの時間は、今の僕には死を宣告するも同然。到底耐えられないのです。どうかセレーナを僕の妻としてカムエウスへ連れて行くことをお許しください」

ライアンは頑としてこのタイミングでの結婚を譲らなかった。

結局、祖父がライアンの鉄の意志に折れる形となり、セレーナたちはその日の夕方、教会で式を挙げることになった。

「おめでとう、セレーナ！　綺麗だよ」

「女将さん、ありがとう。ごめんなさい、突然こういうことになって。それにこんなにも素敵なベールを貸してくれて嬉しい」

「あら、いやだねぇ。大したものじゃないよ。あたしの使い古しで申しわけないくらいさ」

　セレーナが被っているマリアベールを用意してくれたのは宿屋の女将だった。白いワンピースドレスはライアンが御者を急ぎカントゥルの別邸へ走らせ、持ってこさせたものだ。たっぷりとしたトレーンが優雅で、薄地には白糸で細かな刺繍が施されている。急場で用意したにしては手の込んだ衣装に驚けば、ライアンは「母が若い頃、盛装用に作ったものだよ」と言った。

　セレーナにピタリと合う。ライアンの母も小柄な人だったのだろう。

（どんな方だったのかな）

　亡くなってしまっている義母へ思いを巡らすと、不意に女性の残像が脳裏を過った。

（あ、れ……？）

　一瞬、何かを思い出しかけたのだが、セレーナを呼ぶ声とそれからの慌ただしさにかき消された。

　セレーナはありがたくドレスを借り、晴れてライアンの花嫁として神の前に立った。首元を飾る装飾品はもちろん、祖父がくれたネックレスだ。

この先必要なものはすべてライアンが用意するという言葉に、セレーナは身ひとつでアルフォード家に嫁ぐこととなった。

教会には、セレーナたちの結婚と急な旅立ちを聞きつけた人たちがひと目その姿を見ようと集まってきていた。大勢の人の姿にセレーナは改めて自分は愛されていたことを知った。渡されたたくさんの手土産は御者がせっせと馬車へ詰め込んでいる。

そんな祝福の輪から少し離れた場所でエイダはひとりポツリと佇んでいた。目が合うと、エイダの方が先に顔をそむけた。

「エイダ」

セレーナは人の輪を抜け、近づいた。

「……女将さんに聞いたわ。このベールを使うよう言ってくれたのよね」

あれほど母の愛情を独り占めしたがっていたエイダが、女将よりも先に母のベールを使うよう言ったということは半ば信じられなかった。

エイダはずっと右下を睨んだままだ。

「ありがとう、エイダ」

ベールを丁寧に外し、差し出した。エイダは視線だけ動かしてから、いかにも嫌々だと分かる仕草でベールを受け取った。

少し待ってみたけれど、エイダの態度に変化はない。

「――それじゃ、行くわ」

彼女が母の形見を壊したことを忘れたわけではない。わだかまりも消えていない。彼女の困った盗癖も気がかりなままだ。

けれど、もうセレーナはエイダの成長を見続けることはできない。

やがてエイダは気づくだろう。その時に己の戒めとしてくれればいいと思った。

短い別れの言葉を残して踵を返す。

「――ごめん」

それは、祝福の声にかき消されてしまうほど小さな謝罪だった。驚いて振り返ると、エイダは決まり悪そうに眼差しを揺らしながらもセレーナを見ていた。その目は痛々しいほど真っ赤になっている。

「ごめん、なさい。……幸せにな……っ、て」

声を詰まらせた切れ切れの言葉は、かろうじて聞き取れるものだった。それでもセレーナには十分だった。

高慢で激情家な部分ばかり目立っているけれど、それだけでないこともセレーナは知っている。エイダが意地悪に対して心痛めていることも気づいていた。つれないながらも、よくセレーナに髪結いのリボンをくれた。エイダは決まって「いらなくなった」と言っていたが、それが新品であることも彼女が自分のお小遣いから買ってきていたことも知っていた。母のネックレスを持っていったあの日も、セレーナを訪ねてきた理由はそれだったのだ。

持っていくつもりはなかったのだと思う。しかし、女将がセレーナのために縫ってくれた妖精の衣装を見て衝動的に手を出してしまったのだろう。

「エイダも幸せになって」

楽しい思い出はなかったけれど、エイダの存在はいつまでもセレーナの心に残るだろう。

滲んだ涙を拭きながらライアンのもとに戻ると、蕩けそうなほど優しい表情で迎えてくれた。

「行こうか」

「はい」

最後にもう一度みんなに感謝と別れを告げた。

「離れていてもわしはいつもセレーナのことを想っているからね。落ち着いたら手紙を送っておくれ」

「おじいちゃん……」

「今までとても楽しかった、幸せをありがとう。お前はわしの大切な家族だ」

「私もっ、私も楽しかった。育ててくれてありがとう……っ」

こらえきれず祖父に抱きつくと、皺の混じった手で優しく背中を撫でられた。自分で決めたことでも、やはり暮らし慣れた町と馴染んだ人たちと別れることが辛いことには変わらなかった。

「さぁ、花嫁がいつまでも泣いていてはいけない。行きなさい、セレーナ」

「はい」

ぐずっと鼻を啜り泣き笑いになった顔で頷くと、ライアンに手を携われながらアルフォード家の馬車へ乗り込んだ。

見送る祖父たちの姿が馬車の窓から完全に消えるまで窓から離れられなかったが、右側に座ったライアンがそっと手を握ったことでようやく視線を外すことができた。

「淋しい？」

「……うん」

また込み上げてきた悲しみで喉を詰まらせると、ライアンが頬に口づけをくれた。

「僕を選んでくれて、ありがとう」

今日何度目かの感謝にはにかみ、セレーナも繋いだ手を握り返した。

「私、がんばるから」

まだ見ぬ社交界は不安という名の濃い霧に覆われている。アルフォード家伯爵夫人としての人生が容易いとは思っていない。覚えなければいけないことも山積みだ。

それでもライアンの愛があるなら、きっと頑張れる気がした。


カントゥルの別邸に着いたのは群青色の空に星が瞬き始めた頃だった。今夜はここで初夜を過ごし、明日カムエウスへと向かう予定になっていた。いつものようにライアンが先に馬車を降りる。セレーナは長いトレーンを踏まないよう左手で裾を束ねて腰を上げる。

ライアンの手を借り馬車から降りようとすると、いきなり抱き上げられた。

「ラ、ライアン⁉　ひとりで歩けるからっ」

「駄目だよ、花嫁をベッドに運ぶのは夫の特権なんだから」

「べ、べべベッド⁉」

あけすけな台詞にまた驚き、セレーナは顔を真っ赤にして傍に控えている御者を見た。だが、さすが上流階級の屋敷に仕える者だ。うろたえているのはセレーナだけで、出迎えに出ている使用人たちはみな穏やかな面持ちで二人を見守ってくれている。

いきなり町娘を妻にして戻ってきた主に対し、思うことはないのだろうか。せめてライアンの妻となって初めて屋敷に足を踏み入れる時は、彼らに挨拶をと思っていたのだが、この格好でまともな挨拶などできるはずがない。

ライアンはセレーナの狼狽には素知らぬ顔で、揚々と玄関ホールを通り、二階にある彼の寝室までよどみない足取りで歩いた。

すでにセレーナを迎える旨は伝わっていたらしく、寝室は薔薇の香りで満ちている。あの白薔薇の香りだ。

四足の天蓋がついたベッドにゆっくりと下され、つむじに軽く口づけられた。

「少しだけ何か飲もうか」

「は、はい」

らしくない畏《かしこ》まった口調に、ライアンが含み笑う。

「緊張してる？」

これで緊張していない方がおかしい。なにしろ好きだと気づいた日に結婚し、その人と結ばれる一歩手前まで来てしまっているのだ。未遂はあったが、身を委ねる覚悟を決める時間すらない状況でできることといえば、緊張ぐらいではないだろうか。

それでもてっきりすぐに始めてしまうのだと思っていただけに、ライアンの提案はありがたかった。このままでは心臓が壊れてしまうのが先か、不安で泣き出すのが先かという瀬戸際だったのだ。

（ここは初めて見るわ）

前回、大抵の部屋を見せてもらったが、この部屋は彼のプライベートな空間だったので遠慮したのだ。

（落ち着いた素敵な部屋ね）

ライアンの寝室は他のどの部屋とも様相が違っていた。

華やかなのはベッドの天蓋くらいで、あとは落ち着いた印象を受けた。白地に縦縞の模様が入った壁紙、壁の一面を使って設けられた暖炉、その上には部屋で唯一の装飾画が飾られている。ベッドの両脇から部屋を照らす橙色の光を手持ち無沙汰に眺めていると、グラスに琥珀色の液体を三分の一ほど注いだグラスを二つ持って、ライアンが戻ってきた。

ひとつをセレーナに手渡し、隣に腰を下ろす。ライアンの重みの分だけベッドが傾いで、それだけのことに鼓動が跳ねた。

セレーナは全身を強張らせているこの緊張を何とかしたくて、勢いよくグラスを煽った。

「けほっ」

直後、喉に火がついた。

飲んだことのない度数のアルコールに目を白黒させて噎《む》せていると、ライアンがクスクス笑いながら背中を摩《さす》ってくれた。

「ブランデーは初めて？」

セレーナは苦しげに片目を瞑《つむ》りながら頷いた。

（これがブランデーというものなのね。初めて飲んだわ）

向こう側が透けて見えるほど磨かれたチューリップ型のグラスに短い足がついたそれを目の高さまで持ち上げて眺めていると「こうやって持つと香りが立つよ」とグラスの下の部分に手を差し込む持ち方を教えられた。ひやりと冷たい指先の感触に、また鼓動が跳ねる。

どうにかなってしまったのではないかと思うほど、ひっきりなしの動悸がうるさい。ライアンの熱い眼差しがたまらなく恥ずかしかった。

「私はお酒自体あまり飲めなくて。で、でもカムエウス産のワインは好きよ！　フルーティな味が美味しくて、確か名前がア…アウ、アウル」

「『アウルーナ』」

「そ、そう！　昔おじいちゃんが好きな人と一緒に飲んだワインなんですって。おじいちゃんね、昔、船に乗って世界中を旅していたの。装飾師の仕事も好きだったけれど、それ以上に旅が好きだったみたい。世界中の美しいものを見て回りたかったって言ってたわ。その方とは船の上で出会ったそうよ。とても綺麗な人だったって言ってた。でも、その方にはすでに決まった方がいらっしゃったから、おじいちゃんの片思いで終わったんだけど。おじいちゃんはそのまま東洋へ渡って、そこで私の父を……あっ」

そこで、ライアンが指で頬を押した。

「それ以上カーティスの話ばかりすると、妬《や》くよ？」

「な、なんで!?　私のおじいちゃんよ？」

「でも、男だ。初夜に花嫁の口から違う男の話を聞かされる憐れな夫の気持ちを聞きたい？」

「えっ？　あの、ご……ごめんなさい。そういうつもりじゃなくて」

ただこの緊張をどうにかしたかっただけだ。

話題を選び間違えたことに青ざめると、ライアンはぷっと吹き出し「なんて、嘘だよ」と嘯《うそぶ》いた。

「も――っ、ひどいわ！」

ただでさえどうしていいか分からなかったのに。これ以上、困らせないで。

「あははっ、でもまるきり嘘でもないよ」

ぷっと頬を膨らませるセレーナを見つめながら、ライアンがグラスに残っていたブランデーを一口で飲み干した。照れと安堵がごちゃ混ぜになった視線を強めながら、セレーナもまた一口含む。

鼻に広がる独特の香りはセレーナの好みではなかったが、何かしていないと間が持ちそうになかった。

(だって、ちっとも実感が湧かないんだもの)

つい先ほどまで庶民だった自分が、こんな素敵な邸宅の一室で花嫁衣装を着てブランデーを飲んでいる。しかも隣に座る夫は伯爵の位を持つ、美貌の貴人。

薄闇の陰影を受けて、いつもより二割ほど色香が増している気がする。セレーナを見つめる眼差しのなんて甘いことだろう。

(こ、こんなに素敵な人だった……?)

絵画の中から抜け出してきたのかと見紛うばかりの美丈夫にこれから身を委ねるのだと思うと、体が火を噴きそうだ。

赤くなった頬を見られたくなくて俯くと、伸びてきた手が頬を撫でた。

「あ……」

「ごめんね、僕の我が儘のせいで」

謝罪に驚くと、黒曜石の双眸と目が合った。

「不安だよね」

「そんなこと」

言いかけて、その先に続くはずだった言葉を飲み込んだ。

不安なのは、今から彼とする行為だけに限ったことではない。この先の人生そのものに対しても当てはまる感情だ。そして彼は一変するこの環境の変化に、セレーナが耐えられるかどうかを憂いている。

（きっと大丈夫）

初めのうちは戸惑うだろうが、自分で決めた道だからきっと頑張れる。

だって、傍には支えてくれる人がいるから。

だからセレーナは胸を張って言うことにした。

「そんなことないわ。あなたがいてくれるもの」

まっすぐライアンを見て告げると、切れ長の双眸が驚いたように大きくなり、それから何かを噛み締めるように瞼が伏せられた。小さく首を振りながら「あなたという人は……」と感嘆めいた声音で呟く。

「どれだけ僕を虜《とりこ》にさせるつもり？　もうはち切れるほど僕の中はセレーナへの愛が詰まっているんだよ」

「大げさだわ」

大仰な台詞に笑うと、綺麗な顔が近づいてきた。

「セレーナ、触れてもいい？」

「――うん」

答えると同時に、唇が重なった。互いの唇から香る同じ芳香が鼻孔を掠めた。ライアンは自分のグラスを床に落とすと、セレーナのグラスを抜き取った。

「飲ませてあげる」

グラスを煽り、肩を攫うように抱きしめられ口づけられた。

「ん……っ」

ライアンが器用に舌先で唇を割り、少量ずつブランデーを流し込んでくる。

まさかの口移しに肩を震わせたが、ライアンに行為を止める素振りはなかった。コクリ、とセレーナが飲み下すのを見届けて、同じ行為を繰り返す。人肌に温められたブランデーは自分で飲むよりも濃い香りがしている。ゆっくりと時間をかけて飲まされていくうちに、体を強張らせていた緊張も解れてきた。

ほんのりと体が温かい。セレーナを酔わせたのはブランデーか、それともライアンとの口づけなのか。

気がつけばセレーナはライアンの頬に手を添えて、自ら彼を招き入れる格好で唇を重ねていた。

空になったグラスがベッド下へ落ちた。静かにセレーナをベッドに横たわらせる。ランプが発する橙色の明かりに照らされたライアンは、黒い獣のように見えた。

「綺麗だ」

セレーナの髪飾りを抜き取り、シーツに黒髪を広げてライアンが言った。ひと房掬った髪に口づける仕草は、神聖な誓いを立てる騎士のようだとも思った。

「怖い？」

問われて、セレーナは首を振った。

ブランデーが効いているのだろう。この先にある未知の世界に、心は興奮を覚えている。

「今夜は泣いても止めてあげられない」

「……うん」

すでに泣きそうになっているセレーナを見下ろし、愛おしげに頭を撫でた。前髪を梳いた手の親指で唇をくすぐり、触れるだけの口づけを落とす。

芳醇な香りが気になったのも一瞬だけ。啄むだけだった口づけは、ねじ込むように割り込んできた舌が濃厚なものへと変えた。口腔へ潜り、肉厚の舌がセレーナの舌を絡め取った。

「ん……っ」

セレーナはライアンの仕草を真似て、舌を絡ませた。まだ数えるほどしか知らない行為。舌で上顎を撫でるぞくぞくした感覚、下唇を吸われる圧も、食まれる痛みも嫌いじゃない。

「ふ……、んん」

それでも息つぎはまだうまくできなくて、小さな呻き声で息苦しさを訴えた。

「可愛い」

口づけを止めたライアンは唇を頬、耳朶、うなじへと滑らす。彼の熱い吐息が肌に触れてくすぐったい。アルコールでほどよく火照った体は、空気の振れる振動ですら鋭敏に伝えてくるのだ。

「綺麗だ、セレーナ」

何度目かの讃辞に目を開けると、魅入ってしまうほど端正な美貌があった。彼はこんなにも美しいのに、己の持つ美に気づいていないのだろうか。いつだって彼が褒め称える美の対象はセレーナだ。

それが妙におかしくて、セレーナが声を忍ばせて笑った。

「どうして笑うの？」

「だってあなたの方が綺麗だわ。本当よ？　初めて会った時、なんて素敵な人だろうって思ったもの」

普段なら絶対に言わない言葉がするすると口を滑って出ていく。ライアンは一瞬目を丸くさせて、すぐに蕩けるほどの微笑を見せた。

「僕の印象は最悪だと思っていた」

「そうね。すぐに最悪になったわ」

当時を思い出し、また笑う。

「あなたに許可なく口づけたから？」

囁き、ライアンが顔を寄せた。セレーナはブランデー味の唇をうっとりと受け止めながら、「そうよ」と答えた。

「信じて、僕はずっと君に囚われてる」

「ずっと？」

「僕たちが初めて会った時からずっと。本当だよ、ひと目惚れだったんだ」

ライアンは背中に回した手でドレスの留め具を外していく。緩んだドレスを肩からずらし、露わになった場所に唇を這わせた。下へ下へとずり下げられるドレスを追って、ライアンの唇も下がる。彼が通った後は小さな華が点々と咲き誇っていた。象牙色の肌に真紅の華は一際存在感を誇示している。

それを眩しげに見つめ、「僕のものだ」と誰に宣言するともなくライアンが呟いた。

露わになった乳房に、短時間で恥ずかしいほどたくさんの華が咲いた。ライアンはほどよい膨らみのそれを両方の掌で掬いあげ、頂の尖りを口腔に含んだ。

「……んっ」

「声、噛まないで。全部聞かせて」

「や……っ、だ」

「どうして」

「は……恥ずかしい、の」

決まっている。

両手で顔を覆い告白する。

「あぁ、セレーナ……」

ライアンは充足めいた吐息をつきながらまた乳房に顔を伏せた。薄桃色の尖りを指の腹でこすられると、細い痛みが体の奥を伝って腰骨へと響いた。

「は……ぁん！　そ、れっ」

「可愛いよ、セレーナ。乳首が固くなってる。色も形も完璧だ」

「や……ぁっ。なに、言って」

「もっと夢中にさせて、って言ったんだ」

「あぁっ！」

口腔に含まれた熱さに思わず腰をくねらせた。が、中途半端にずり下ろされたドレスとライアンの重みが邪魔をして、体を疼かせる痛みをうまく逃がせない。しかも、セレーナが着ているドレスはライアンからの借り物だ。乱暴な扱いをしたら破れてしまいかねない繊細な布地を思うと、大きな動きはできない。不自由は快感を体の中に溜めていく一方だ。

セレーナは何度も両膝をすり合わせてもどかしさに耐えた。

いつになったらライアンは気づいてくれるのだろう。

セレーナの苦悶も知らず、彼は乳房を弄ることに夢中だった。

「ライアン。ドレスを……っ、早……く。脱がし……て」

とうとう我慢しきれなくなったセレーナが、音《ね》を上げた。

「セレーナ、なんていやらしいおねだりができるの？」

お願いをおねだりと捉えたライアンが、うっとりと目を細める。

「ちが……う、の。破れ……ちゃうから。お願……いっ」

二の腕でライアンの肩を叩き、早くと訴えた。

「じゃあ、口づけて」

伸びあがったライアンにセレーナは言われるがまま腕を絡ませ唇を押し当てた。

「もっと……官能的に」

初心者同然のセレーナに無茶なおねだりをしてくるライアンを恨めしく思いながらも、頭の中で彼の口づけを思い出しながら真似た。

唇を舌で割り、恐る恐るライアンの舌を探した。生温かい感触に触れた直後、体に電流が走った。先ほどまで散々嬲《なぶ》られていたものなのに、もう知らない感触に戻っていた。

「ふ……ん、……はぁっ」

くちゅり。

舌が絡まる音が鼓膜に届いた。じわりと羞恥に頬が染まるのを感じながらも、懸命に舌を使う。吐き出す吐息と、唇から聞こえる音がセレーナの興奮を煽った。

「も……と？」

舌がだるくなるほど奉仕してからおずおずと問いかける。ライアンは満ち足りた表情で目を伏せた。

「素敵だった」

囁き、念願通りドレスを抜き取ってくれた。開放感にほっと息をついたセレーナだったが、さわりと内股を這った感触が新たな問題に直面していることを教えた。

ドレスの美しさを優先させるために、ドロワーズを身に着けていなかったことを思い出したのだ。つま先まで覆う裾の長さにすっかり安堵してそのことを忘れていたセレーナは「だめっ」とライアンの首にしがみついた。

「み、見ちゃ……だめ」

いきなりの全裸に怯えると、ライアンは優しく背中を撫でて「大丈夫だよ」とあやした。戸惑うと、首に回した腕を解かれ、ライアンがおもむろに衣服を脱ぎ始めた。

「僕も脱げばお互い様だよね」

そういう問題ではないのだが、他に妙案が浮かばないセレーナは頷くことしかできない。セレーナが見守る中、次々と脱ぎ捨てられていく衣服から現れた体躯は、目を瞠るほど素晴らしかった。

ほどよくのった筋肉の曲線美が魅せる彫刻のような裸体だった。割れた腹筋に、思わず触れてみたくなる胸板。初めて見る異性の裸にセレーナの目は釘づけになった。

それに引き替え自分の貧相な体はどうだ。小柄で痩躯。たいして大きくもない乳房や細い腰が猛烈に恥ずかしくなって、セレーナは体ごと横に向いてしまった。

「やっぱり見ないで」

「どうして？　とても綺麗だよ」

「嘘、だって……私、痩せてるし。胸だって」

男性が口笛を吹く女性たちはみな豊満な乳房と、柔らかい曲線を持っていた。彼女たちのような匂い立つ色香までは望めなくても、せめてもう少しだけふくよかだったらと今更ながら恥じ入る。

「男がみんな巨乳好きとでも？　ほら、こちらを向いて。セレーナの胸は素晴らしいよ、膨らみ具合といい乳首の色づきといい申し分ない。象牙色の肌には染みひとつないじゃないか。ピンク色の乳輪は最高に艶めかしいよ。絹よりも上質な肌触りをしている体に僕がどれほど欲情しているか見えてないの？」

「……ッ」

膝立ちになっているライアンの股間にそそり立つ雄々しい存在につい目を遣ってしまい、セレーナはカッと全身を真っ赤にさせた。

そんなセレーナに頬を緩ませ、ライアンは彼女を仰向きにさせると、ゆっくりと膝を左右に割り開いた。

丁寧な愛撫と長い口づけで、秘部は自分でも分かるほど濡れていた。

もう一度、あの日の快感を味わえる。そう思うと、ひくひくとその場所が疼く。

ライアンは上体を倒し、躊躇うことなく足の付け根に顔を寄せた。

「あ……んっ」

唇の柔らかさに腰が跳ねた。ライアンが淡い茂みをかき分け、肉襞に隠れた花芯を探り当てると、そこへも口づけ、吸いついた。

「ライ…アン。それ……いた…いっ」

「もっと優しくがいい？」

問いかけにコクコクと頷いた。

体が忘れなかった、あの日の快感。痛いと叫んだけれど、ライアンがくれるぬるい刺激はあの日のものとは違っていた。求めているのはこれではない。

（もっと体が痺れるような……）

無意識にライアンに腰を押しつけていることにも気づかず、セレーナは覚えたての快感を求めた。

ライアンはセレーナの無垢な痴態にほくそ笑み、再び強く花芯を愛撫した。

「やぁ……ん、あ……ぁ、あっ！」

ひっきりなしに口から零れる嬌声が仄暗い寝室に木霊する。そこにライアンが立てる淫靡な水音が混じり、セレーナの羞恥は煽られる一方だ。

秘部は溢れた蜜とライアンの唾液でぐっしょりと濡れている。枯れることがあるのかも分からない蜜壺は、望まれるまま蜜を零し続けた。

「ライア……ッ、なにか……変」

「そのまま、身を委ねて」

「はぁ…っ。でも、や……っ。こわ……い！」

せり上がってくる得体のしれない感覚に怯えて、セレーナが両手を彷徨《さまよ》わせた。絡まったライアンの指を握り返し、止まらない疾走感に「あっ、あ……っ」と目を見開かせる。

直後、

「あ、んん――っ!!」

全身を痙攣させるほど強烈な快感が、脊髄を駆け抜けた。指が白くなるほど握りしめた手を弛緩させ、くたり…と体から力を抜く。人生で二度目の絶頂感に浅い息を繰り返しながら呆けた。

「――え？　な……に」

秘部にあてがわれた舌とは違う感触。細く硬いものにのろのろと首をもたげるのと、上体を起こしたライアンが秘部に指を埋めるのがほぼ同時だった。

「あ……っ」

「中、すごく狭い。……あぁ、違うか。今イッたばかりだからか」

ぬぷ、ぬぷ…と蜜口で蠢く異物感。セレーナは指の感覚に慄き、腰を上へとずり上げた。

「逃げないで。解さないと痛いよ」

「でも……あっ、は……ぁ、あぁ」

「まだ固いね。こんな小さな場所に僕のが入るのかな。壊してしまいそうで怖いよ」

「あ……、あぁ」

それはとても奇妙な感覚だった。体の内側を異物で弄られる恐怖感はあるのに、それ以上の興奮がある。ライアンの指に神経が持っていかれる。

穿《うが》つ深度が増すごとに膨らむもどかしさ。まるで秘部が息づいたように不規則な伸縮を繰り返す。ライアンの指をきゅうっと締めつけると、指の腹が上壁を擦った。

「……ぁ、は……ぁん」

「もう一本、入れるよ」

「あ……あぁっ」

増した質量にセレーナはシーツを握りしめて耐えた。どんどん体がライアンによって広げられていく。卑猥な蜜音を立てている場所は、もはや自分の一部とは思えないほど熱く、溜まる一方の疼きに悶えていた。

（ど……して、すごく気持ち……い）

じわじわと広がる快感が、血脈に乗って全身へ巡る。晒している痴態がどうでもよくなるくらいの快感に、セレーナはいつの間にか夢中になっていた。

「は……あんっ、あ……っ、あ」

「蕩けてきた」

透明で粘ついた体液が指の間で幾筋も糸を引いている。快感の証を見せられ、セレーナはいたたまれなくなった。

「ご……ごめんなさい」

「違うよ、怒っていない。セレーナが気持ちよくなってくれて、嬉しいんだ」

蜜で濡れた指を舐め取り、欲情が宿った眼差しでセレーナを見つめた。

「僕も気持ちよくさせて」

心地良い低音と、婀娜《あだ》めく漆黒の双眸、ゆるりと指を這う赤い舌の色っぽさに、こくりと息を呑み頷いた。

それでも不安げな面持ちを隠せずにいると、ライアンが慰めるような微笑を寄越した。さらに両膝を押し広げられ、雄々しいものが濡れた場所へあてがわれた。舌とも指とも違う硬さと熱に、セレーナは緊張で身を強張らせた。

ぬるぬると蜜を先端に絡ませた後、ゆっくりとライアンが押し入ってくる。

「――ッ!!」

膝を持つライアンの手に力が籠る。それ以上にセレーナがシーツを握る手に力が入った。もぐりこんできたのは圧倒的な質量だった。みし…みし…、と秘部が軋む音が今にも聞こえてきそうな錯覚も、体を割りひらかれる猛烈な痛みの前に霧散《むさん》した。

「あっ、あぁ……っ!!」

少しずつライアンが入ってくる。セレーナは零れる悲鳴を必死で噛み殺し、痛みに耐えた。指にはなかった熱で内壁が焼かれそうだ。

やがて動きが止まり、終わったのかと目を開けると、「ごめん」と痛ましげな顔で詫びられた。

訝しむ間もなく、ライアンが一気に腰を奥へ挿し込んだ。

「あぁぁ――――っ!!」

悲鳴が寝室に木霊する。

「もう……少し」

「やぁ……っ、も……無理！」

内臓を押し上げられる圧迫感に目を白黒させ、セレーナは涙をまき散らして解放を訴えた。

「……っ、そんなに締めつけないで」

「あぁっ！」

前進のみだった灼熱の塊が、唐突に後退した。すると内壁がごり…と擦られる。破壊的な痛みが電流となって脊髄を走った。それは一度では終わらず、二度、三度と連続し、やがて連続的なものとなった。

「あ……、あ……っ」

快感はどこにもない。あるのは欲望の形が分かるほど密着した内壁を擦られる痛みだけだ。

「ま……だ、動かないで……ぇ」

ただ彼の動きを止めたくて、足を彼の腰へ絡めた。ライアンはセレーナを抱きとめながらも、律動は止めない。

「はっ、は……っ、だ……め！」

痛くて痛くて痛くて、セレーナは近くにあったライアンの耳朶を食んだ。耳殻に舌を這わせ、耳裏を舐め、再び耳朶へむしゃぶりつく。何かしていなければ気がおかしくなってしまいそうだった。

痛みからの逃避がさらにセレーナを追い詰めることになるとも知らず、夢中でライアンの耳を舐める。

「……くっ、セレーナ！」

「え……？　あっ、あぁぁ――ッ!!」

余裕のない声音の後、再びベッドへ縫い付けられる。たくましい二の腕が膝の裏を通り、セレーナを囲う格好で両脇についた。

「い……っ、あ……あぁ、やぁ……！」

「そんなに締めつけたら……っ、やばい」

「あぁっ、あぅ!!」

何がやばいのかも分からないまま、ずん…と最奥を突いた一打に内臓がせりあがる。ものすごい圧迫感だった。

「いた……痛いっ、やぁぁ……んっ」

「ごめん、でも……止まらない！」

「あぁっ！」

「気持ちいい」と囁いた低音が腰に響く。無意識にライアンの欲望を締めつけてしまった。

「だから、セレーナッ。それはずるい」

「あ…っ、んぁ……！」

苦しげな顔でねめつけられても、そうさせているのはライアンではないか。

シーツを染めるわずかな鮮血と、飛び散る二人の汗。ライアンの吐息と、セレーナの嬌声が響く室内の壁には照らし出された二人の影が淫らに絡まり合っていた。

「あ……、あ……ぁん」

痛いはずなのに、ごりごりと内壁を擦る形を意識するほど膨らむ何か。涙が出るほど辛くても、なぜか切なさがこみ上げてくるのだ。

「い……っ、あ……あぁ、やぁ……！」

快感に歪む美貌からは汗が滴り落ちてくる。

「ラ……イアン！」

涙目で訴えれば、欲情で満たされた眼差しで見つめ返された。

「ごめん、もう限界……っ」

呟き、律動の速度が加速した。

「やぁぁ――っ!!」

摩擦熱で爛《ただ》れるほど強く激しい腰遣いに、セレーナも我を忘れて乱れた。腰骨に響く振動が脳天まで痺れさせる。ただひたすら穿つ欲望の存在だけに意識が集中した刹那、

「――ッ！」

欲望がぐん…と膨れ上がり、吐き出された大量の精がセレーナを満たした。

第二章

カムエウスのアルフォード邸は三方向が湖に面した、重厚感漂う屋敷だった。柱一本、装飾画一枚に至るまで、高級感と格調高さを感じさせられる。絢爛《けんらん》豪華な屋敷はアルフォード家の力の象徴なのだろうが、セレーナは息苦しさを覚えた。

カントゥルの別邸が陽ならば、こちらが陰。

優美ではあるが、この屋敷はどこか薄気味悪い。なにしろ、この屋敷にはセレーナだけが体感する怪奇現象が存在するのだ。屋敷内を歩いていると、時々誰かに見られている気配や、跡をつけられているような気がする。自室の花瓶が割られていたり、テーブルの上に虫の死骸が散らばっていて悲鳴を上げたこともあった。

そんな状況にライアンはセレーナに侍女をつけると言い出し、彼自身もこれまで以上にセレーナの傍から離れなくなった。

(ライアンったら、過保護なんだから)

片時も傍を離れようとしない犬っぷりに呆れたが、彼のことだ。言い出したら聞かない強引さはカントゥルでの挙式の件で重々分かっているので、好きにさせておくことにした。

だが、その鬱陶しさが今は安堵に変わっている。

いったい、誰が部屋に虫の死体をばらまいたのか。

何気なく目に留まった人物に、セレーナはまさかと己の考えを否定した。中庭を侍女もつけず歩いているのは、パトリック侯爵の一人娘、フィオナだ。

羽のように軽やかな金髪と、緑色の目を持つ愛らしい造形。天使かと見紛うほどの美少女。ライアンが急きょカントゥルから呼び戻された理由が、彼女だったのだ。

パトリック侯爵は婚約に煮え切らないライアンの態度に痺れを切らし、花嫁修業と称してフィオナをアルフォード家に送り込んできたのだ。

「そんな……ひどいわ」

セレーナと対峙した時のさめざめと泣いたフィオナの声は、まだはっきりと耳に残っている。

ライアンは彼女に詫びて家へ戻るよう説得したが、フィオナの一存ではどうにもならなかった。侯爵が別荘へ出かけたきり、まだ戻ってきていないのだ。

フィオナは今、アルフォード家の客人として屋敷に留まっている。

(フィオナは今、どんな思いでこの屋敷にいるのかしら)

親の命に従い婚約者の家に来てみれば、夫となる男はすでに違う女を妻に迎えていたのだ。矜持《きょうじ》を重んじる貴族の娘だ。よりにもよって町娘に婚約者を盗られたとあれば、彼女の沽券《こけん》は地に落ちたも等しいに違いない。

その証拠にフィオナはセレーナに寄りつこうともしない。

(当然よね)

彼女のライアンを見る目は、まだ恋をしている者の目だ。

だからといって、おいそれとこの地位を明け渡すつもりもない。ライアンに望まれたのは自分、それがセレーナの矜持でありここに留まる理由なのだ。

アルフォード家で講師についてさまざまな勉強をしていると、なぜパトリック侯爵がライアンを婚約者に望んだのか、理由も分かってきた。

侯爵はアルフォード家が持つ豊富な資金が欲しいのだ。それと引き替えにライアンが得るものは侯爵という強力な後ろ盾。互いに利益を生む「便宜上の結婚」というものを侯爵は狙っているのだろう。

(フィオナはそれでいいのかしら)

親の命令で見知らぬ家へ嫁がされ、妻になる。フィオナの場合、ライアンとは幼馴染みという間柄で彼女にとっては恋しい人なのだから問題はないのだろうが、ライアンが頷かなかったということは彼にその気はなかったということ。

セレーナは運よく恋した男と結ばれたが、フィオナはこの先どうやってライアンへの恋心を消してゆくのだろう。

自分がそれを心配する立場ではないことを知りながらも、考えると気持ちが沈んだ。

当面、屋敷の中だけで過ごすよう言われているセレーナの一日は、講義に始まり、講義に終わる。

ライアンの妻になったけれども、町娘であることは変わらない。作法ひとつ知らないセレーナが社交界へデビューするためには、立ち居振る舞いから学ばなければならなかった。

必要なのは上流貴族らしい振る舞い、ダンス、流行りのドレス事情、ウィットに富んだ話術。当然、それなりの知性も求められる。どれだけ露店での値切り方がうまくても、この世界では何の役にも立たない。

毎日、教科ごとに講師がやってきては、セレーナの小さな頭をこれでもかとかき混ぜていく。いったいどこの国の言葉で話しているのだと首を捻《ひね》りたくなる講師の話を、ペンを唇の上に載せて聞こうものなら烈火のごとく叱咤された。その時受けていた授業はレディになるためのマナー講義だった。

(もう、息が詰まっちゃうわ)

毎日、勉強ばかりでは頭がついていかない。自分で決めた人生だったが、若干楽観視しすぎていた。

(たまには遊びに行きたいな)

まだ一度もカムエウスの街を歩いていない。出歩こうにもライアンが許してくれないのだ。ならば彼が連れて行ってくれればいいのに、ライアンは毎日忙しそうに出かけている。社交界の付き合いや、議会へ出席するためだ。どうやらカントゥルにいた分のつけが、相当溜まっているようだ。

華やかなドレスを着て、アフタヌーンティを楽しみ、夜はイブニングドレスを来て夜会へ出かける。貴婦人と呼ばれるためにここまで努力を積み重ねていたなど、思いもよらなかった。

貴族も決して楽ではないらしい。

それが半月で学んだ貴族社会に対する感想だった。

息抜きに屋敷を歩いていると、執事のセバスが西奥の部屋から出てくるところだった。珍しく鍵をかけている姿に声をかけた。

「その部屋は何があるの？」

「こちらは物置でございます。少々、希少な調度品などを保管しておりますゆえ、鍵をかけております。セレーナ様、おひとりで出歩かれてはライアン様が心配されますよ」

「ふふっ、あなたもライアンも大げさだわ」

「しかし、先日もお部屋を何者かに荒らされたばかりです。侍女もまだ早いと断ってしまわれたとなれば」

「大丈夫！　きっと……きっと何かの間違いよ」

言い切ると、セバスはそれ以上の言及はしてこなかった。

「では、僭越《せんえつ》ながら私がお部屋までご一緒させていただきます。気分転換にお部屋にお茶をお持ちいたしましょう」

「本当？　じゃあ、真ん中にジャムがたっぷり載ったクッキーもつけてくれる？」

「かしこまりました」

どうぞ、と促され、セレーナは弾む足取りでその部屋を後にした。


長い一日が終わる頃、ライアンは屋敷へ戻ってきた。

「既婚者になっても彼の人気は健在だよ」と教えてくれたのは、ライアンの再従兄弟にあたる公爵家の嫡男レイモンドだ。

これまでどれほどの美女にもなびかなかったライアンの電撃結婚は、社交界を大いに騒がせているのだという。当然、彼らの興味はセレーナにも注がれているのだが、なかなか社交界に姿を現さないセレーナを話題に、噂話はさらに盛り上がっているようだ。

（当分出て行けないわね）

帰ってきたそばからセレーナにまとわりついて離れようとしないライアンは、今日も犬だ。

セレーナと知り合う前のライアンは、セレーナが見ているライアンとは随分印象の違う人物であることも、ここへ来て聞かされた。

穏やかな物腰は同じなのだが、他人を一定区域以上寄せ付けない硬質な雰囲気があったそうだ。表情は口端に浮かべる程度で、全身から漂わせる冷気が他を威圧するのだとか。

（信じられないわ。だって、どう見たって犬じゃない）

隙あればじゃれつき、セレーナの機嫌を一心に伺う真っ黒な瞳、手を差し伸べれば尻尾を振って全身で愛を叫ぶ。ひとたび姿が見えなくなれば、延々とセレーナの名を呼びながら屋敷中を歩き回る始末だ。

レイモンドからその話を聞いた時は、誰の話を聞かされているのかと耳を疑ったほどだった。

そんな彼が寝室を別にするはずもなく、セレーナが眠る場所はいつもライアンの隣というのが定位置になっていた。

もちろん、セレーナを愛してやまない獣が静かな眠りをくれるはずもなく、

「あ……んん」

内壁を擦る屹立は、緩やかな曲線を描くようにセレーナを快感の扉へ毎夜導く。

飽きることなく求めてくるライアンに、何度抱かれただろう。過ごした夜の数以上の回数は体を合わせている。彼が持つ灼熱の楔が痛いと泣いたのも結婚して数日の間だった。痛みに泣く余裕もないほど求め続けられた体は、いつしかライアンの形を覚え、もたらされる快感の味をも覚えた。

壁紙から天井、絨毯まですべてが華々しい主の寝室は、今宵もセレーナの吐息で満ちていた。

暖炉上のランプが仄暗い部屋に二人の影を投影している。セレーナを組み敷くライアンは、獣だ。しなやかな動きのなんと艶めかしいことだろう。緩慢な律動は、セレーナの快感を高めるためだけにある。

「ライ…アン、も……ぅ」

体の中で渦巻く肉欲がもどかしい。セレーナは涙目で自分のすべてを支配している夫を見上げて懇願した。

中を突く先端がほんの少しだけ違う位置を攻めているから、切ない。

(そこじゃない……の)

「どこが気持ちいいのか教えて」

「し……てる、くせ…にっ。いじ……わる、しないっ、で！」

「セレーナ」

絶対、分かっていてやっているのだと知っていても、極上に甘い声音でねだられると子宮がきゅんと疼く。無意識に昂りを締めつけたら、腰を使って窘められた。

「も……、と。……上……の方」

恥ずかしいおねだりのせいで、象牙色の肌が桃色に染まった。ライアンはうっとりと目を細めて、「どうされたいの？」とさらに意地悪な問いかけを続ける。ここまでくれば、どんな不満も通用しない。主導権を握っている者が王なのだ。

「こ……、擦って」

「これくらい？」

「あぁ……っ、ち、違うっ。も……とっ」

「もっと、なに？」

「も……もっと、激し……ぃぁ、あぁん！」

突如、獣じみた目をしたライアンが腰遣いを速めた。セレーナが望んだ場所をねだった速度で攻め始めた。

「あぁ……っ、……ぁ、あっ！」

律動に合わせて乳房が上下に揺れる。シーツを握りしめていた手を外され、両手首を臍《へそ》の上で一括りにされた。二の腕に押され中央に寄った乳房を見て、ライアンが薄く唇を開き、ぺろりと舌なめずりをした。

「素敵だ」

悦に入った声音で呟き、そこへ反対の手を這わせた。

擦られる快感と乳房への愛撫は強烈で、セレーナを一気に高みへと押し上げる。

「あ……っ、あぁ」

「あなただけを愛してる、信じて」

甘い言葉と裏腹な激しさに目を開けていられない。

「セレーナ」

「あ……んんっ、あっあ……っ」

乳房を揉まれる刺激に嬌声を上げ、穿たれる快感に恍惚を覚える。秘部は肌がぶつかる度に飛び散る蜜がぐっしょりと淡い茂みを濡らし、卑猥な水音を立ててライアンを頬張っていた。

その様にライアンが陶然と目を細めた。

「可愛いよ」

「ライ……アンッ、も……だめ」

達してしまいそう。

目の奥に見える快感の扉に意識が疾走すると、無意識にライアンの欲望を締めつけた。どくん…と脈打ち膨らんだのを待ち望んでいたように、細い快感が子宮を熱くさせる。彼の動きに余裕が無くなった直後、

「あ、あぁ――っ!」

セレーナの体は絶頂に大きく痙攣し、ライアンもまた吐精した。

彼の放った精が子宮へ流れ込んでくるのを感じて、体が歓喜に震える。ものすごい充実感だった。嬉しくて目尻に熱いものが溜まる。

「泣かないで、セレーナ」

ほうっと息を吐いたライアンに頬を撫でられ、絶頂の余韻が続いている体がビクビクッと跳ねた。

「や……っ。お願い、まだ触らない…で。体が感じすぎて」

「セレーナ、あまり可愛いことを言わないで」

また触れたくなる、と身を寄せたライアンに耳元で囁かれ、セレーナは慌てて首を振った。「冗談だよ」くすりと笑い、ずるり…とセレーナの中から欲望が出ていくと、ライア

ンはセレーナの隣に体を横たわらせた。

肘をついた手に頭を置きながら、横向きの体勢でセレーナの裸体を眺めている。

「……見ちゃだめ」

「もう僕が見ていない場所はひとつもないのに？」

「それでも恥ずかしいの！」

ようやく余韻が治まると、セレーナは足元に固まっている掛布をいそいそと引っ張り上げた。肩までしっかりと覆い、隣で横たわる彫刻みたいな裸体を恨めしげに睨む。

（恥ずかしくないのかしら）

明らかに情事に慣れているライアン。いったいどれほどの経験を重ねれば、この余裕が生まれるのだろうか。

あまりにも堂々とされると、却ってこっちが恥ずかしくなってくる。セレーナは掛布を持ち上げ「はいる？」と視線で尋ねれば、嬉しそうにライアンが飛び込んできた。

すっかり犬に戻った彼はセレーナを腕に抱き、髪に鼻を擦り寄せている。

「ここでの暮らしは慣れた？　寂しい思いはしていない？　あれからおかしな事はなかった？」

矢継ぎ早の質問に苦笑しながら、セレーナは「大丈夫」と答えた。

「皆優しいし、覚えることもたくさんあるもの。変なこともないわ。でも」

「でも、なに？」

顔を上げたライアンがじっと目を覗き込んできた。

「でも、たまには外にも出てみたい。私、まだ一度もカムエウスの街を歩いていないのよ」

「……ごめんね」

「仕事、忙しいの？」

「それなりにね」

コツンと額を合わせて、ライアンは目を閉じた。

「でも、あなたがいてくれるだけで毎日がとても幸せなんだ。僕の妻になってくれて、ありがとう。セレーナ」

「うん」

セレーナも目を閉じ、触れる鼻先の感触にしばらく戯れあった。やがてそれにセクシャルな色が混じり始めると、お互いに唇を寄せ合う。

「ライアン、寝不足になっちゃう」

「それでも……あなたが欲しい」

セレーナの腕がライアンの背中に回る頃には、ライアンの唇はうなじを下っていくところだった。

「愛してるよ」

セレーナはそれにうっとりと目を閉じ、優しい愛撫にまた身を委ねた。

☆★☆

六月に入ると窓から見える青葉も一段と鮮やかになっていた。

セレーナはこの日も講師たちについて、立派な貴婦人となるための勉強に励んでいた。

パトリック侯爵がやってきたのは、午後の休憩が終わった時だった。

「え？　私に」

セバスは侯爵がセレーナへの面会を求めていることを告げた。

「お断りいたしましょうか」

今日もライアンは昼過ぎから出かけたきり、まだ帰宅していない。ひとりで侯爵と会うことに躊躇いを見せると、突然の来訪なら侯爵であっても断ることは可能だと言われた。

「……そうしてもらえる？」

「かしこまりました」

ホッと息をついた矢先だった。にわかに廊下が騒がしくなった。

「パトリック侯爵、お待ちください！」

「失礼、おや。お勉強中でしたか」

侍従の制止を無視して強引にセバスを押しのけ姿を現したのは、断りを入れたばかりのパトリック侯爵だった。

中肉中背、面長の顔に油で固めた口髭と太い眉が武張《ぶば》った印象を与えている。これに軍服とサーベルがあれば、今すぐにでも肖像画のモデルになれそうだと思った。

初めて対面する人物に完全に気圧されていると、侯爵が同席していた講師に向かっていきなり退出を命じた。

「彼女と話がある、全員席を外したまえ」

「申しわけございません、パトリック侯爵。セレーナ様への来訪はすべてお断りするようにと主より仰せつかっております」

だがセバスの言葉は聞き入れられなかった。

「かまわん、大事な話だ。人払いをさせろ」

高慢な態度は独裁的とも取れた。侯爵はどうあってもセレーナと話をする気のようだ。そしてその考えはおそらく覆らないだろう。

セレーナは小さく首を振りセバスに面会を受けることを示した。

「お茶をお願い」

「いや、結構だ。命令があるまで誰もこの部屋に近づくことは許さん」

まるで我が家のような振る舞いに呆れたのはセレーナだけで、セバスは恭《うやうや》しく一礼し、講師を連れて退出した。

途端、いたたまれなさがセレーナを襲う。

「お座りになりませんか」

席を勧め、セレーナも腰を下ろした。お茶でもあれば気を紛らわせることもできるのに、侯爵が早々に断ってしまったため、それも叶わない。口火を切ることもできず、セレーナは手持ち無沙汰にチラチラと視線を彷徨わせていた。

すると、突然侯爵が頭を下げた。

ギョッとするセレーナに彼は「この通りだ、ライアンと別れてくれ」と言った。

「フィオナは妊娠している。相手はライアンだ」

続いた言葉にあらん限り目を見開き絶句すると、侯爵は顔を上げて、訥々《とつとつ》と話し始めた。

それはセレーナの知らない、レイモンドの話とも違うライアンの姿だった。

社交界でも群を抜いた容姿は令嬢たちの羨望を一身にあびていた。彼と親しくなりたいと思う女性は両手でも足りなかったという。

ライアンは随分女性関係には奔放で、巷《ちまた》で言う「遊び人」だった。星の数ほどいた女性の中のひとりがフィオナだったのだ。

「見ての通り、フィオナは何も知らずに育ってしまった娘だ。そうさせたのは私なのだが、あれは相手の心の裏を読むことをしない。見たまま、聞いたままを信じてしまう。それが幼い頃から憧れていたライアンならなおのことだった。遊びとも知らず、ライアンの求愛に舞い上がり、身を任せてしまった。娘に手を出したのは仲間内で賭けをしていたからだそうだ。それでも娘を傷物にした挙句、子を宿させてしまった以上、男としての責任は取ってもらう、彼との婚約を許したのは娘の幸せのためだ」

「賭け……ですか」

「そうだ。君には理解できんだろうが、貴族は退屈しのぎで君たちには想像できないものを賭けて遊ぶ。君との結婚も賭けのひとつかもしれない」

侯爵の話はにわかに信じられるものではなかった。

結婚を賭けの対象にする。そんなことが許されるのだろうか。いや、それ以上にあのライアンがフィオナを妊娠させて素知らぬ顔をしているとは到底思えなかった。

しかし、いつか聞いた貴族社会の話が頭を過った。

『あそこはここほど純粋にゲームを楽しめはしないけれど』

『賭ける金額や対象が違うんだよ』

それが、これのことなのだろうか。

侯爵の言葉はなおも続いた。

「君はまだ若く美しい。貴族の世界は思っていた以上に窮屈《きゅうくつ》ではないのかね。——失礼だが君のことは調べさせてもらった。幼い頃、井戸へ落ちたことがあるそうだね。その時のことを覚えているか」

唐突な話題に、セレーナは首を横に振る。

侯爵は「可愛そうに、やはり君も騙されているのだな」と呟いた。

「どういうことですか？」

「いや、失礼。少し口が滑ってしまったかな。気にしないで欲しい。だが、人は何の理由もなく行動を起こしたりはしない。必ずその裏には動機があるはずだ」

賭けの話を言っているのだということは、すぐに分かった。

だが、突然ライアンの裏切りを告発されても、セレーナには受け止めきれない。

(ライアンが賭けで私と結婚しただなんて、そんなの……)

すぐに思い出したのは、ライアンからのプロポーズの言葉だった。

『僕は本気であなたを愛してる。今もそうだよ、セレーナ。欲しいのはあなただけだ』

あれが偽りだと言うの？

やましさを抱えた人間が、あそこまで必死になって愛を囁くだろうか。

「……嘘です」

呟き、セレーナは顔を上げた。侯爵はそれに片眉を上げる。

「ライアンは――そんな人ではありません。私の知っている彼は誠実で優しくて、人を騙したりしません。きっとフィオナ様の妊娠だって！」

「何だね。私の娘が嘘を言っているとでも」

「あ……、ごめんなさい。そういうつもりじゃないんです。きっと」

何かの間違いに決まっている。言えなかった言葉は、険《けん》を孕んだ声音にゴクリと喉の奥へ戻っていった。

彼の優しさはセレーナもよく知っている。カムエウスに戻ってきてからのライアンはフィオナと個人的な話をしている素振りはない。一度でも肌を重ねたことのある相手を、彼があんなに素気無く扱うだろうか。ましてや、自分の子を身籠もっているというのならなおさらだ。

侯爵はセレーナのことを快く思っていないから、適当なことを言っているのかもしれない。――いや、そうに決まっている。

セレーナは惑わされないために、侯爵以外のものを視界に入れることにした。中庭に目を遣ると、渦中のフィオナがひとりで散歩をしていた。中庭は居場所のないフィオナがよく足を運ぶ場所になりつつある。

まだ何の変化もない姿を、セレーナはぼんやりと眺めた。

（妊娠している、か……）

本当に今、彼女の中にはライアンの血を受け継ぐ命が宿っているのだろうか。セレーナだけだと言った愛しい人の子供。――そんなことをどうすれば信じられるというの。

侯爵の話はどれも突飛で、納得もできなければ、受け入れられもしない。当然、そんな状態で離婚を承諾することなどできなかった。

（帰っていただこう）

仮にこの話のどれかが真実であるなら、きっとライアンが話してくれるはず。そう思った時だった。

目の前でフィオナが傾《かし》いだ。

グラリ…と不自然に揺らいだ体はそのまま地面に崩れ落ちる。

「フィオナ様⁉」

叫んだ時には、セレーナはテラスを飛び出していた。中庭へ続く階段を駆け下り、急いでフィオナのもとへ駆け寄る。抱き起こすと、フィオナは真っ青な顔をしていた。

「フィオナ！」

遅れてやってきた侯爵が、フィオナを抱き上げる。

「フィオナの部屋はどこだ！」

騒ぎを聞きつけたセバスが、侯爵をフィオナが使っている客室へと案内する。セレーナも後ろからついていった。

すぐに医師が呼ばれ、フィオナの診察が始まった。診断結果は「妊娠による体調の変化と精神的な疲労からくる軽い貧血」というものだった。

（……本当に妊娠しているのね）

その事実はまだセレーナの中で漠然としていて、そのくせ心にずしり…と重くのしかかってきた。

侯爵はフィオナの枕元に座り、眠るフィオナの頭を撫でている。

そこには娘の身を案じる父親の顔をした侯爵がいた。高圧的な態度が途端に娘を想う父の姿に見えた。

（あぁ、フィオナが心配なだけなんだ）

親が子の身を案じるのは当然。まして今、フィオナの身には新しい命が宿っている。

「親ばかと笑ってくれてかまわない。何も言わず、どうか娘と腹の子のために身を引いてくれ。生まれてくる子から父親を奪うことなど、誰もできやしない。そうじゃないのかね」

　静かな問いかけに、セレーナは答えを返せなかった。

　セレーナは眠るフィオナを見た。

　彼女がライアンを愛していることは痛いくらい分かっていた。同じ人を愛しているから、フィオナの姿に自分を見ているようだった。立場は違えども、きっと自分も彼女と同じ目でライアンを見ているはずだ。

　外はいつの間にか茜色に染まり始めていた。

「ん……」

　小さな呻き声を零し、ゆっくりとフィオナが目を覚ました。美しい碧眼がふるりと揺れて「……アン様？」と愛しい人の名を呼んだ。

「フィオナ、起きたのか」

「あ……、お父様。どうしてこちらへ」

「お前の様子を見に来たのだ。少し痩せたようだ、食事はとれているのか」

「申しわけございません、食欲が出ないのです」

「妊娠するとそうなるものだ、今は食べられるものを食べなさい。腹の子にも悪い」

「……はい」

伏し目がちに頷き、フィオナがセレーナの存在に気づいた。こうして向かい合うのは屋敷に来てから初めてのことだった。

何を言えばいいのだろう。どんな言葉がかけられるというの。

躊躇っていると、「——ご迷惑をおかけしてしまいましたのね。申しわけございません」と詫びられた。

沈んだ声に、セレーナはうろたえながら首を振った。

「その、大丈夫……ですか？」

「恐れ入ります。先ほどより随分良くなりましたわ」

だが、フィオナの顔色はまだ蒼白い。

「——ライアンは何て言っているの。赤ちゃんのこと」

どうしてそんな質問を投げかけてしまったのか、セレーナ自身も分からなかった。フィオナは白い顔を翳らせ小さく首を横に振った。

「ライアン様は何もご存じありませんの」

訝しむと、フィオナが怯えたように身を小さくした。

「何度も申し上げなければと思うのですが、ライアン様とお話しする機会が持てないのです。あの方はいつでもセレーナ様のお傍においでですでしょう」

「……ごめんなさい」

「謝らないでください。私はライアン様の御子を身籠もれただけで幸せなのです。この子がライアン様への私の愛を証明してくれ続けますもの。——セレーナ様、私はあなたが心配でならないのです」

「どういうことですか？」

「お分かりでしょう？　ライアン様は自由な方ですもの、あの方の愛がひとりの女性の方のもとに留まっているかしら。私はセレーナ様にまで悲しい気持ちを味わって欲しくありません」

か細い声が紡いだセレーナへの労わりを聞いて、全身が凍り付いたように動かなくなった。息をするのも忘れてしまえるほど、セレーナは愕然とし、フィオナを見つめた。

自分が彼女の立場なら同じ言葉が言えただろうか。結ばれるはずの人が突然連れて帰ってきた女の行く末を案じることができるのか。

ライアンはセレーナを選んだ。それがセレーナの自信であると同時に、選ばれなかったフィオナに憐れみを投げていた。心の中に勝者の余裕があったのだ。

なんて自分は小さい人間だったのだろう。

フィオナはそんなセレーナにも心を配ることができる。セレーナは彼女の体調すら気遣えなかったというのに。

フィオナの優しさに打ちのめされた。

侯爵は懐から中身の入った袋を取り出した。

「金貨が入っている。カントゥルまでの旅費を差し引いても十分余る額だ」

そう言って、セレーナに差し出した。

「手切れ金……ですか」

「そういういい方もできるな」

侯爵はベッドから腰を上げ、セレーナの手にそれを押し込んだ。ずしり…と重い質量が心まで重くする。この重みがセレーナの愛の代償なのだ。

なんて重く……軽いのだろう。

「別れてくれるね？」

それでも、セレーナは頷けなかった。

「ごめんなさい……、もう少しだけ時間をください」

侯爵の娘を想う気持ちも、フィオナの優しさも十分分かった。頷くのが美しい身のひき方だと頭では理解していても、まだ心はごねている。

大事なことが足りないのだ。

(ライアンの口から聞きたい)

大切なことだからライアンの言葉ですべてを聞きたかった。

金貨の入った袋を押し返すと、侯爵は小さく息をついた。彼の目には往生際の悪い女に映っていることだろう。

「いいだろう、だが条件がある。今夜、フィオナにライアンと話す機会を設けてやって欲しい。それが君の決断を待つ条件だ」

伏せた顔を上げて、言葉の意味を問いかける。

「君がこの屋敷にいる限り、ライアンは君の傍から離れないそうだね。どうだろう、今夜一晩だけこの屋敷を出てくれないか。行くところがないのなら、私の屋敷へ来てくれればいい。明日の朝には必ず送り届けよう」

(今夜、一晩だけ……?)

セレーナは思わずフィオナを見た。ライアンが心を動かされやしないか、不安がよぎったからだ。

「君にはまだ友人と呼べる者もいないだろう。不本意だろうが、了承してもらうしかない」

侯爵の言葉通り、カムエウスにセレーナが一晩身を寄せられるような友人はいない。ライアンが今夜もセレーナを手放さないことは明らかだ。

だが、命はこの瞬間もフィオナの中で息づいている。

その子がライアンの子である確証は何もないし、セレーナも信じ切れていない。

セレーナは不安げな顔で見つめ返すフィオナを見ていた。

ライアンに真偽を問いたい。

セレーナの気持ちとフィオナの気持ち。優先させるべきなのは、どちらなの。

逡巡したのち、セレーナは侯爵の条件を受けることにした。

フィオナが見せた心の余裕をセレーナも持ちたかったからだ。

仮にライアンの子でなかったら、この話はそれで立ち消えるのだ。一日くらい、なんてことはない。

頷くと、あからさまに侯爵が安堵の顔を見せた。

「それでは、すぐに出発しよう」

「え、でも。まだライアンが戻ってきていません。せめて、事情を説明しておかないと」

これには侯爵が呆れた顔をした。

「何を言っている。彼が戻ってきてしまえば、君はこの屋敷から出られなくなる。フィオナは今宵も不安を抱えて眠ることになるのだぞ。君はすぐこの屋敷を出るんだ」

言うや否や、侯爵はセレーナの腰に手を回し、部屋を出た。後ろから押される勢いに足が勝手に動く。そうして玄関まで歩かされた時、セレーナを呼び止める声がかかった。

セバスだ。

「パトリック侯爵、セレーナ様とどちらへおいでになるのでしょう?」

「彼女は今夜私の屋敷で預かることになった。お前もこの状況を最善とは思っていないだろう。一晩二人に話す機会を作ってやりたい。そう言っているのだ。ライアンにもそう伝えてくれ」

「お待ちください、セレーナ様に関してはライアン様の御許しが必要なのです」

「本人が望んでいるのだぞ。問題なかろう、そうだな」

強い語尾に、セレーナはたじろぎつつ頷いた。

「……明日には帰るから。今夜はフィオナともう一度よく話し合ってと伝えて」

セバスはもの言いたげな顔をしていたが、執事という立場上、それ以上の追及はできなかったようだ。

「――かしこまりました。ご伝言、承りました」

折り目正しい一礼に見送られ、セレーナは侯爵の馬車に乗り込んだ。すぐ走り出した馬車は軽快にアプローチを滑走する。セレーナは後ろ髪を引かれる感覚を覚えていた。

（本当にこれで良かったのかしら……）

自分が今、間違った選択をしているように思えてならない。胸の中でかき鳴らされる警鐘は何に対しての不安なのだろう。

自分の行動に不安を覚えながらも、走り出している馬車の振動にその思いこそ杞憂であると思うことにした。

ほっと息をつき、窓の外を眺める。思えばこの景色を見るのもまだ二度目だ。

ライアンは一度もセレーナを外へ連れ出してくれない。

その理由はセレーナには学ぶものがたくさんあるからだと思っていたけれど、もし侯爵の話が本当ならば、セレーナを出したくない理由は他にあるのかもしれない。

なぜ、ライアンはセレーナを選んだのか。

彼の求愛を受けることで見えるような気がした疑問。セレーナを愛しているから。囁かれ続けた言葉がいつしか疑問の答えのような気がして、結婚してからは本当に幸せだったから、気にもとめなくなっていた。

けれども今、その幸せに波紋が投げかけられた。浮上した疑問が再びセレーナに問いかけてくる。

なぜ、セレーナだったのか、と。

チリッと首筋に感じた視線に、思考が遮られた。振り向けば侯爵がセレーナを見ている。

直感的に嫌な視線だと思った。

まるで全身を舐められる感覚だった。

ぞわりと肌を這った悪寒を背もたれにこすりつけるようにして半身横にずれた。

「何か?」

「君はどうやってライアンを陥落させた」

「……おっしゃっていることが分かりませんが」

「町娘だというからどれほど垢抜けない田舎娘かと思ったが、女の趣味はさすがというべきだろうな。君は東洋の血が混じっているそうだね、西洋人にはない肌質だ」

伸ばされた手には身を引いて避けた。

突然どうしたというのだろう。

急に侯爵の纏う雰囲気が変わった気がする。

セレーナはこの感覚を良く知っていた。それは酒場に時々現れる下品な客達が持つ気配と同じなのだ。セレーナを欲望の対象として見ている下卑た輩たち。今の侯爵からは彼等と同じ匂いがした。

　一瞬で警鐘が鳴り出した。

　だが、相手は侯爵。ここで事を荒げてはライアンに迷惑がかかるかもしれない。

「どうかしたか？」

「やめてください」

　今度は手で押し返した。すると、反対の手が伸びてくる。セレーナはその手も払った。

　次第に馬車の中でもみ合いになる。

「侯爵、何をっ！　やめてください!!」

　セレーナを座面に組み敷こうとする侯爵の体を押しやり叫んだ。

「恐れることはない、お前も男を知った体だ。この先の展開くらい予想がつくだろう」

「展開って……、うそっ！」

　とんでもない台詞に目を瞠ると、覆いかぶさってきた侯爵がニタリと笑った。

「一晩かけて私が可愛がってやろう。ライアン以上の快楽を味わわせてやるぞ」

「ちょっと、止めて！　ふざけないでください!!」

「賭けの延長で妻になっただけだと教えてやったのに、まだライアンに義理立てするのか」

「違うっ、ライアンは私を愛してると言って」

「憐れな女だな」

「や……っ、いやぁ――っ!!」

全身総毛立ち、セレーナは思いきり四肢をバタつかせた。もう体裁をかまっている場合ではない。狭い車内に逃げ場はない、渾身の抵抗の最中、セレーナの足が偶然侯爵の股間を蹴りあげた。

「――ぁぐ!!」

蛙がつぶれたような悲鳴をあげ、一瞬拘束の手が緩む。その隙に身を起こし、セレーナは扉を開けた。だが、馬車はなおも疾走中だ。

力加減が効かなかった抵抗が功を奏し、侯爵はまだ身動きが取れない状態だった。股間を押さえながらも憎らしげな眼光がセレーナを睨みつけている。

「お…まえぇぇ――っ」

「ひっ!!」

捕まったら犯される。

浮かんだ展開に、セレーナは衝動的に馬車から飛び降りた。

「――っ!!」

地面にぶつかった衝撃が肉を通し骨にまで響く。勢いよく転がった体はいくつもの擦り傷を作った。

しばらくの間、息をすることも苦しかった。傷が生んだ熱で全身がじわじわと熱くなってきた。

「……たぁ」

涙目に顔を上げれば、数十メートル先で馬車が止まった。セレーナは痛む全身をおして起き上がると、その足で林の中へ逃げ込んだ。


ライアンは今日も逸る気持ちを持て余して帰宅した。

セレーナがいる。

それだけで心は羽が生えたように軽い。

今夜はどんな風にセレーナを愛でよう。

馬車の中でセレーナの感触を思い出しながら、妄想にすら感嘆の吐息を零した。

今日あたり、修繕に出していた宝石が戻ってきているはずだ。代々女主人に受け継がれていく大粒のエメラルド『ヴェネリースの涙』。これがセレーナがライアンの妻であるという証でもあるのだ。

ネックレスをピアスに変えたのは、何世代かぶりに宝石が対になったからだ。イヤリングでなくピアスに仕上げたのは、セレーナがピアスの穴を開けていたから。身なりに気を遣うタイプではないけれど、挫《くじ》けそうなことがあるたびにピアスの穴を開け、自分に気合いを入れているのだと言っていた。随分自虐的な方法に、聞いた時は苦笑いを浮かべるしかできなかったが、セレーナもピアスをつけることは気に入っている様子だった。

ピアスには少し大振りな宝石だが、セレーナの美貌にエメラルドの輝きが似合うことは百も承知なライアンは、プレゼントした時のセレーナを思うと楽しみでならなかった。

そのライアンがいつにない騒がしさを感じとったのは、屋敷の正面玄関に降りた時だった。

「お帰りなさいませ、ライアン様」

「ただいま、ヴェネリースの涙は届いている？」

「はい、こちらに。ライアン様、火急にお知らせしたいことがございます」

冷静沈着なセバスの表情に焦りが浮かんでいる。屋敷の中も侍従たちが慌ただしく動いていた。

「何があった」

「はい。実は先刻、パトリック侯爵がぜひセレーナ様と面会をと申され、お見えになっていました」

侯爵の名にライアンの表情が一瞬で変わる。

「話して」

セバスは緊張した面持ちでことのあらましを話した。断りを入れる前に侯爵が勝手に屋敷へ上がり込み、人払いをさせたこと。そののち、フィオナが中庭で倒れ、セレーナと侯爵が傍についていたこと。そこで侯爵から何らかの説得を受け、セレーナが屋敷を出て行ってしまったこと。

「なぜ止めない」

「申しわけございません。セレーナ様自身もそれを望んでおりましたゆえ、お止めすることは難しいと判断いたしました」

「セレーナが望んだ？　はっ、馬鹿な」

「ライアン様にはぜひもう一度、フィオナ様とお話し合いを持たれていただきたいとのご伝言を承っております」

「この期に及んで何を話し合うと言うの。婚約破棄の慰謝料の上乗せなら好きなだけ小切手を切ってやれと言ったはずだよ」

「そうではございません。ライアン様、フィオナ様はご懐妊されております。フィオナ様は、父親はライアン様だとおっしゃっているのです」

　重苦しい口調の告白に、ライアンは一瞬言葉に窮した。

「ライアン様、身に覚えがおありなのですか」

「――それで、セレーナはそれを信じたの？」

「信じているかは分かりませんが、侯爵についていったことを考慮するならば疑ってはいらっしゃるかと思われます。ライアン様、問題はそれだけではございません。先ほど庭師がこれを持ってまいりました」

　言ってセバスが見せたのは、金貨の入った袋と、今日セレーナが履いていた靴の片方だ。見間違えるはずがない。毎朝、セレーナの身に着けるものはすべてライアンが選んでいるのだ。

薄桃色のヒールが折れて、側面には激しい擦り傷痕がついている。そして、大金が入った袋が意味することとは――。

浮かんだ推測をライアンはすぐに打ち消した。まさか、セレーナに限ってそんなことをするはずがない。彼女は愛を金に換える女ではない。

「急いで侯爵家に使いを出し事情を伺ったところ、セレーナ様が侯爵に関係を迫り、侯爵がそれを拒絶した途端、馬車から降りて林へ逃げていったと言うのですが、ねつ造された逸話と思われま……」

言い終わる前に、ライアンが強く壁を殴打した。

侯爵が無類の女好きであることは、社交界では有名な話。彼がセレーナを一晩屋敷において手を出さない保証はない。いや、すでに馬車の中で本性を見せたのだろう。

だからこそ、セレーナの靴が片方だけ外に落ちていたのだ。

（セレーナが迫った？　馬車から降りただと!?　飛び降りたの間違いだろうっ！）

でなければ靴がこれほど傷《いた》むはずがない。

セレーナには侯爵について詳しくは話していない。会わせるつもりもなかったし、会う機会があったとしても必ず自分が傍にいる時だと思い込んでいた。迂闊だった。ライアンの不在を狙って、セレーナを訪ねてくることを自分はなぜ予想できなかったのか。

なぜ、セレーナものこのことついていったりしたのだ。

どんな口車に乗せられた。何がセレーナの心を揺らした。

セレーナはライアンの何を聞き、何を知ったというのだ。

フィオナと話す機会を。本当にそれがセレーナの本心なのだろうか。もしかして、それを口実にライアンから逃げたかったとは考えられないか。ならば、逃げ出す理由とは何か。

（まさか、あのことを思い出したのか……？）

刹那、ぞわり…と悪寒が背中を這った。それこそライアンが最も恐れていたことだからだ。

空には月が浮かんでいる。

馬車から飛び降りたセレーナが、この屋敷へ無事に辿り着くには心許ない明るさだ。何より、彼女は闇を恐れている。

『——嫌い！　あなたなんて、大っ嫌い!!』

不意に蘇った声に、ライアンはおぞましいほどの戦慄を覚えた。

そう言ったのは、カントゥルの別邸で出会った黒髪の愛らしい少女。白薔薇の香りに満面の笑みを浮かべる彼女の愛らしさにひと目で心奪われた。

しかしその少女は……。

ライアンはギュッと奥歯を噛み締め、くぐもった声でセバスに命じた。

「イヴァンたちを敷地に放して。僕もすぐに出る。見つかり次第、連絡を出すから馬車を持ってきて」

「しかし、セレーナ様は確か犬が」

「いいから！　早くして」

「――かしこまりました」

　もの言いたげなセバスを一喝で黙らせ、ライアンは焦燥という炎に身を焼かれる感覚に歯ぎしりした。

「セレーナ、お願いだから思い出さないで」

　唸り声をあげ、ライアンは屋敷を飛び出した。

☆★☆

　月があんなに高くなっている。

（ここは、どこなの？）

　鬱蒼《うっそう》と茂る樹木の隙間から差し込む明かりを頼りに、どれくらい歩いただろう。

　少しでも遠くへ。その一心で逃げてきたはいいが、セレーナにはここがどこなのか皆目見当がついていない。まだアルフォード家の敷地内なのか、それともとうに外へ抜け出しているのか。それすらも分からなかった。思えば、ここへ来てから一度も敷地の外へ出たことがないのだから、窓から見える景色がどこまで続いていたのかなど、知るわけがないのだ。

　どこへ向かうかも決めずに飛び出してしまった早計さに後悔しても始まらない。握らされた金貨はどこかへ落としてしまった。飛び降りた時に捻った足はズキズキとした痛みを孕んでいる。セレーナは少しでも歩きやすさを求めてもう片方の靴を脱ぎ、ストッキングで林の中を歩いていた。途中、見つけた適当な長さの枝を杖代わりにしたおかげで、幾分歩きやすくなったが、足の痛みが消えたわけではない。本当は舗装された道を歩きたかったけれど、侯爵に見つかる可能性を考えると諦めるしかなかった。敢えて林の中を歩いているのはそのためだ。

襲われた理由も、侯爵が豹変《ひょうへん》した理由も分からないまま、逃げた。摑まれた手首には侯爵の指痕がくっきりと残っている。

（最低な日ね……）

フィオナの妊娠、ライアンとの過去を聞かされただけでも十分ショックだったのに、暴行されかけ這う這う《ほほ》の体で逃げ出してみれば、満身創痍《まんしんそうい》になっていたのだ。

我ながら無謀なことをしたと思う。疾走する馬車から飛び降りたのだ。

今更ながらブルリ…と恐怖に身が竦んだ。

「娘想いの父」の姿にほだされ、彼の説得に頷いてしまった自分は浅はかだった。

（ライアン、怒っているかな）

勝手なことをしたセレーナに呆れているだろうか。

六月の夜風が肌を粟立《あわだ》たせた。

（どこかに休める場所はないかな）

けもの道を歩いているせいで足裏が散々な状態になっていた。

遠くからは獣の咆哮《ほうこう》が聞こえる。

林の中を見渡して体を休められそうな場所を探すが、木と草しかない場所で獣に脅かされずに眠る術をセレーナは知らない。が、いつまでも林を彷徨っているわけにもいかないのだ。

（せめてここがどこかが分かればいいのに）

痛む体を引きずりながら、セレーナは気力を奮い立たせ足を動かした。

しばらくすると、薄闇にぼんやりと建つ屋敷が現れた。

（あぁ、良かった。これで休める！）

アルフォード邸には及ばない小さな家屋だったが、廃《すた》れている様子はなかった。ただ明かりが灯っていないところを見ると、今は不在なのかもしれない。

囲いのない建物をぐるりと回ってみると、正面には小さな庭が設けられていて建物へと続くアプローチがある。建物は民家というよりもこ洒落た別荘という風合いだ。

試しに扉を叩いてみるが、人の気配は感じられない。別荘ならば、普段人がいなくても不思議ではない。

（一カ所くらい鍵が開いてないかな）

淡い期待を胸にさらにもう一周回ってみたが、期待は期待のまま終わった。家の前に佇《たたず》み、セレーナはこの先の行動を思案する。しかし、逡巡したところで疲労感は募る一方だし、夏にはまだ早いこの時期、外で一晩を過ごせば凍えてしまう。迷う余地はなかった。

（ごめんなさい）

セレーナは適当な大きさの石を使って、窓を壊すことに決めた。鍵の近くの硝子を割り、そこから手を挿し込む。ゆっくりと窓を開けて足を踏み入れたが、物音を聞いても人がやってくる気配がないということは、やはり今は誰もいないのだ。

部屋の中は想像していた以上に綺麗だった。

壁紙から絨毯に至るまで、掃除の手が行き届いている。定期的に管理人が掃除をしに来ているのだろう。

堂々と不法侵入をしてしまった罪悪感から辺りを見回る気にもなれず、部屋の隅に腰を下ろした。目の前にある柔らかそうなベッドは魅力的だが、さすがにそれを使うのはまずい。建物の中に入ったおかげで凍えるような寒さも感じなくなった。これなら一晩くらい平気だろう。

ほっと息をつくと、すぐに睡魔がやってきた。瞬く間に瞼が重く垂れ下がってきて、セレーナはコクリ、コクリ…と船をこぎ出す。完全に頭が膝に当たると当時に、セレーナは眠りに落ちた。

（あれは……誰？）

青い芝生茂る中庭で、少年が叫んだ。

『返してほしければ取り返してみろよ！』

黒髪で身なりが綺麗な男の子。小太りな体型の彼の表情だけが影になって見えないが、セレーナが大切にしていた『何か』を高く掲げ、庭を駆けていた。

『返してっ！』

『やーだね！　……、追いかけろ！』

少年が控えていた犬に命じると、犬がセレーナに向かって駆けて来た。とても大きな犬だ。

『やめて――っ、いやぁぁ!!』

セレーナは泣きながら庭の中を逃げ惑い、少年はそれを見て笑っていた。

『――嫌い！　あなたなんて、大っ嫌い!!』

少年が持っていたものを放り投げたのは、その後だ。宙に弧を描き、井戸蓋の上に落ちたそれをセレーナは泣きながら取りに行った。すぐ後ろには犬が威嚇するように吠えて待ち構えている。

動く度にミシミシ…と音がする蓋の上を恐る恐る這い、やっとの思いでそれを掴んだ直後。

……カタン。

いつもなら決して目が覚めることのない小さな物音に目が覚めた。

（私……、寝てた？）

どれくらいの時間を眠っていたのだろう。

そして今の夢はいったい……。

夢見の悪さに頭を振り、セレーナはぼんやりと辺りを見渡した。物音が聞こえた気がしたのは、気のせいだったのだろうか。

セレーナは固唾を呑んで、耳を澄ませた。

規則的な音、あれは足音だ。管理人が戻ってきたのかもしれない。

(ど、どうしようっ!?)

セレーナは早鐘を打つ心臓を押さえ、逃げ出そうと入ってきた窓へ足音を忍ばせて近づくと、すぐ外を一匹の犬がうろついていた。

「――ッ!」

慌てて身を低くし隠れた。

先ほど聞こえた咆哮《ほうこう》は、この犬があげたものなのだろうか。ドキドキしながら、窓枠からもう一度、外の様子を覗き見る。

(あぁ、あんなにたくさん)

引き寄せられるように徐々に集まり出した犬たちは群れを成して、辺りを徘徊《はいかい》していた。

この窓からは出られない。

そう感じたセレーナは、違う部屋へ移動しようとした。管理人からの叱責も怖いが、犬に追いかけられることはもっと怖い。

足音を忍ばせ、外にいる犬たちに気づかれないようそっと扉を押し開くと、

「セレーナ、出ておいで」

廊下から響いた声に、セレーナは自分の耳を疑った。

(うそ、ライアン?)

だが、愛しい男の声をセレーナが聞き間違えるわけがない。あれは、ライアンの声だ。だが、どうやってここが分かったのだろう。

(――犬?)

外の犬たちは、ライアンが放ったものかもしれない。彼らがセレーナの匂いを辿り、彼をここへ導いた。そう考えるのが妥当だろう。

見知った人間の声にほっと安堵を覚えたのもつかの間、セレーナは自分の姿を思い出し、急いで扉を閉めた。

擦れて破れた服、手足にできた擦り傷、汚れて土まみれの足。侯爵ともみ合いになり破れた胸元と手首の指痕。到底ライアンの前に出られる格好ではなかった。

この状況を何と言って説明すればいい?

迷っている間にも、ライアンが一室ずつ開けて歩く。不安定な足で立ち上がるが、走った激痛に体が傾いだ。その拍子に手が飾ってあった花瓶を床に落としてしまう。

静寂にけたたましい破裂音が響いた。しまったと息を呑んだ時には、部屋の扉が開かれようとしていた。

「駄目、開けないで！」

セレーナは痛みをこらえて扉に飛びつき、体を使って押し留めた。

「セレーナ、大丈夫だから出ておいで。話をしよう」

「い、今は駄目！」

「どうして」

「あ…会いたくないの！」

それはこの格好を見られたくない、という意味だったが、ライアンは違う意味に捉えたようだった。

「――セレーナ、何があったの」

あまりにも多くのことがあったから、一言では語れない。そのすべてがライアンと繋がっているのだ。

「ライアン、私に隠していること、ない？」

思えば彼はずっと何かをひた隠しにしていた気がする。それが賭けのことなのだとしたら。

しかし、ライアンの答えはセレーナが求めたものではなかった。

「――何も、ないよ」

わずかに震えた声が嘘だと言っていた。

たまらず、セレーナは侯爵から聞いたことを暴露した。

「フィオナ様のことは……。フィオナ様と話してってセバスから聞かなかった!?」

「そんなこと、どうでもいいよ。セレーナ、お願いだから開けて」

「どうでもいいことないじゃない！　ねぇ、本当に何も聞いてないの、大切なことなのよ！」

「僕にとって大切なことはあなたの存在だけだ」

「嘘、だってあなたは……っ。ねぇ、どうして私と結婚したの？　女の子を賭けの対象にしていたというのは本当なの!?」

「……今はあなただけを愛してる、セレーナ信じて」

「そんなことを聞いてるんじゃないわ、馬鹿!!」

あまりに的を射ない答えに、つい暴言が口を突いた。いつもそうだ、ライアンは大切なことほどはぐらかし、隠そうとする。どうして何も教えてくれないのだろう。

(私は信頼されていない？)

信じて欲しいなら、信じられるものを見せて欲しい。ライアンの言葉で聞かせて。

扉向こうの彼は沈黙している。言い返してこないことに不安だけが募った。

その時、唐突に指笛が鳴った。

途端、部屋の外を徘徊していた犬たちが一斉に吠え始めた。

「ひ……っ」

怯えて扉を押さえる力が緩んだ一瞬、ライアンが強引に扉を押し開けた。押し負けたセレーナはバランスを崩し、そのまま後ろへ倒れ込む。惨憺たる姿が窓から差し込む月明かりに照らされた。ライアンの瞠目した双眸が一点に集中していることに気づき、セレーナは慌てて胸元を手で隠す。

「違うのっ、これは！」

何が違うのか自分でも分からなかったが、咄嗟に口から弁明が出る。ライアンは目を眇めると、むんずと腕を引き上げ、そのまま荷物のように軽々とセレーナを肩に担いだ。

「ライアン！」

「暴れると、危ないよ」

四肢をバタつかせるが、ライアンの足は止まらない。まっすぐ玄関へ向かい、建物の外へ出た。待っていたのは、犬の群れだ。

「や……」

「大丈夫、おとなしい子たちだから。怖くないよ」

怯えるセレーナの背中を宥めるように撫で、待機していた馬車へ乗り込んだ。

「さあ、一緒に帰ろう」

「嫌っ、帰らない!!」

奥へと押し込まれ座面に下ろされる。

「侯爵に何を吹き込まれたの。セレーナ、この金貨は何」

懐から取り出された金貨に、セレーナは視線を泳がせた。

「それはっ、……侯爵がくれたの。カントゥルまでの旅費だと言って」

「あなたはこれを受け取ったんだね」

「違うわっ、受け取ったわけじゃない！　強引に持たされたのよ」

「手切れ金として？　それとも、侯爵にこの金で買われた？」

「馬鹿なこと言わないで！　こんなことになったのも、もとはあなたのせいじゃない!!」

「質問を戻すよ。侯爵に何を吹き込まれた」

にわかに厳しくなった声音に、セレーナはびくりと体を強張らせた。座面と壁との間に背中を押しつけられるまで詰め寄られ、黒い双眸で射抜かれる。

「あ…あなたが私と結婚したのは賭けをしていたからだと言われたわ！　ずっとそうやって遊んでいたんでしょ!!」

問い詰め返せば、ライアンは喉の奥で笑った。

「些末《さまつ》な過去だよ、全部あなたと出会う前のことだ」

「些末ですって？　全部、今と繋がっているじゃない！　フィオナは妊娠しているのよ!!　黙っていてもお腹は大きくなる、私にそれを黙認しろとでもいうわけ!?」

がなり声は失笑で打ち消された。

「あなたは僕の子だと言うんだね」

「フィオナがっ、……そう言ったんだもの！」

「僕の言葉は信じないくせに、侯爵やフィオナの言葉なら信じるんだ。女性経験はあるけれど、フィオナはその中に入っていない。僕の子を孕むなんてありえないよ」

「なら、誰の子だと言うの！」

「知らない。そんなに知りたければ、フィオナに聞いて」

「ライアン!!」

素気無い言葉がたまらなく辛かった。興味がないと言って一蹴する彼のつれなさに泣きたくなる。

思いやりの欠片もないライアンの対応に沸々と込み上げる憤りがあった。冷酷とも取れる薄情なライアンよりも、一途にライアンを想うフィオナこそ真実を語っている気がしてならない。

セレーナには、ライアンの言葉を額面通りに信じることができなかった。

「あなたは僕の愛を疑うの？」

疑いたいわけではない。そうさせる要因が多すぎるのだ。

なぜ、ライアンは何も言ってくれないの。

「……っ、信じられなくさせたのは、あなたよ！」

唐突にライアンの心が見えなくなった。違う、始めからセレーナには見えていなかったのだ。

彼の紡ぐ愛の言葉が暗幕となり、セレーナから彼の心を隠し続けていた。

見たいと思って彼の傍にいた、気がついたら恋に落ちていて、溢れる愛の言葉にいつしかそれらが彼の心なのだと錯覚していただけなのかもしれない。

ライアンは苦笑した。

「僕と別れたい？」

別れたくない。けれども、本当にフィオナの腹の子がライアンだとするならば、別れなければいけない。

ライアンは身の潔白を訴えたけれど、芽生えてしまったライアンに対する不信感が白を灰色へ変色させている。

「そして侯爵のもとへ行くの？」

嘲り笑う声音に、カッと頭に血が上った。

何でそんなことが言えるの。

誰のせいで、こんなにも苦しんでいると思っているの。

「——あなたなんて、大っ嫌い」

強く睨みつけて、吐き捨てた最悪の嘘。思ってもいない言葉が昂る感情によって押し出された。

瞠目する黒い瞳が、食い入るようにセレーナを見つめている。

言葉の真意を探る視線に、セレーナの矜持が嘘を真のように見せかけた。今だけは彼に詫びたくない、その一心だった。

だが、次の瞬間。ぞわり…と背中に寒気を覚えた。

（な、に……!?）

「……嫌い？」

口が動いたかも分からないほどの呟きがして、表情が消えた美貌はセレーナを見据えた。

「あ……」

感じたのは、本能が感じとった恐怖。ライアンは目を細め、指の背でセレーナの頬に触れた。

「痛かったよね。可哀想に、こんなに傷を作って」

「……嫌、触らないで……」

「あぁ、足もこんなに汚れて。すぐに湯浴みの準備をさせよう、僕が綺麗に洗ってあげる。捻ったところも診てもらわないと」

「あぁぁっ!!」

足をなぞる手が、躊躇いもなく痛む部分を握りしめた。

「ライアン、痛いっ!!」

こんなにも嫌だと言っているのに、ライアンには一言も届いていない。そればかりか嫌がるセレーナをさらに深く抱き込み、髪に顔を埋めた。

「少しだけ外の匂いがする。知ってる？　あの子たちには僕の匂いを嗅がせたんだ。〝この匂いを辿れ〟そう言ってね。すごいだろう、そうしたらあなたへ辿り着いた。もうこの体には僕の匂いが染みついているんだね」

嫣々として語られた話に、全身が総毛立った。振り仰ぐと、闇よりも濃い漆黒の双眸が滲み笑っている。どこか猟奇めいた光すら宿す眼差しから、セレーナは目をそむけることができなくなった。

「逃げられないよ、セレーナ」

「どこ触って……っ、やめて！」

「抵抗は男の征服欲を駆り立てるだけ。それともセレーナはひどくされるのが好きなのかな。あなたは何と言って侯爵に迫ったの」

「迫ってなんてない！　あの人が突然手を出してきて」

「あなたは無自覚に男を誘えるからね、あの色ボケ爺ならひとたまりもなかっただろう」

「何言って」

「分からないなら、教えてあげる」

直後、ものすごい勢いで引き寄せられ、膝の上に乗せられた。ライアンに背を向ける格好で座らされると、ドロワーズをはぎ取られる。足を大きく左右に開かされた状態でドレスをたくし上げられた。

「や――！」

身を捩り抵抗するが、後ろ手に彼のネクタイで縛られた。手首に食い込むほど強く結ばれ、痛みに眉を寄せる。


「な……っ」

「忘れないで、僕だからこの程度ですんでいるんだ」

茂みに指を這わせながらライアンが諭すように囁いた。ぞくぞく…と背中を走る刺激に身震いする。

「もう濡れてる」

「やめ……っ、やめて！　あぅ……」

ずぶりと秘部に潜った二本の指が中をかき混ぜた。何度か内壁を擦ると引き抜いて、セレーナの眼前まで持ち上げられる。指は愛液で濡れていた。

「とろとろだね」

嬉しそうに声を弾ませると、ライアンはその指をセレーナの口元へあてがった。

「舐めて」

「――ッ!?」

目を剥き、強く唇を結んだ。首を振り、顔をそむければ追ってきた唇が耳の穴を舐めた。

「あぁっ！」

何とも言えない感覚に気が削がれた一瞬、指が口腔へ押し込まれる。

「これが嫌なら、僕のを舐めて」

なんて卑怯な男だ。秘部を弄った指と、彼の性器とどちらかを選べなどと、とても正気の沙汰ではない。

「選ばせてもらえるだけ、あなたは幸せなんだよ。本物の下種《げす》は問答無用でこの唇に臭い肉棒を押し込むんだ。どれだけセレーナが泣いて嫌がっても容赦はしない。この体をひたすら凌辱することしか頭にないんだから」

冷酷な妄想を語るライアンを強く睨みつける。

嫌悪と怒りに煽られるまま、セレーナは思いきり指を噛んだ。本気で指を噛みちぎるつもりで力を込める。これが暴行の疑似体験だというのなら、抵抗をしてもいいはずだ。

早く痛みに音《ね》を上げて。

そう願った矢先。ライアンは笑った。

「いいよ……、もっと噛んで」

恍惚の声音にゾッとした。

(痛く……ないの?)

頬に口づけられた時、その言葉が冗談でないことを知った。途端、触れ合っている部分のすべての肌が粟立った。

抵抗が無意味だと知れば、セレーナは力みすぎて強張った口をぎこちなく開いた。指の第一関節と第二関節の間にはくっきりと歯型が刻み込まれ、わずかだが血も滲んでいる。

「僕の血の味は美味しかった?」

歯を立てたセレーナを責めることなく、己の血の味を問うライアンは、どうかしている。

セレーナはどうしていいか分からなくなった。カチカチと歯が震える。恐怖に涙が零れた。

ライアンは再び指を秘部へと潜らせ、肉壁を愛撫した。

「や……だっ」

これ以上触らないで。

「あ……、あっ」

これ以上狂わないで。

それでも恐怖と快感が入り混じる体からは、ぴしゃぴしゃと愛液の音が聞こえてくる。ライアンがいたずらに中をかき混ぜているせいだ。

恐ろしいのに、気持ちいい。快感に馴染んだ体は与えられる刺激に貪欲だった。狭い室内に響く水音が、セレーナが感じていることをまざまざと見せつける。

「ひどい……」

涙ながらに訴えれば、ライアンがせせら笑った。

「ひどいのはあなただ。僕を嫌いだなどと嘘を吐いて。ねぇセレーナ、あなたはどこまで僕を夢中にさせるつもり？」

十分に濡れそぼったところで、再びライアンが指をかざした。指の間には鮮血混じりの粘ついた糸が引いている。

「初夜の夜を思い出すね」

己の血を純潔の証に見立てて陶然とするライアンは、また指を舐めるようセレーナにねだった。

セレーナが当惑に瞳を揺らせば、「あなたを外へ出したセバスは解雇してしまおうか。

僕の大切な人を危険な目に遭わせたのだから、ね？」と、猫の目のように漆黒の双眸が細くなった。

「それは嫌だろう？　優しいセレーナなら、……できるよね」

セレーナは観念し、ゆるゆると唇を開く。

「舌を絡めて、唇をすぼめて吸い上げるように扱《しご》くんだ。そう……上手だね。上手くできるようになったら、僕のも舐めさせてあげる」

そんなご褒美、ちっとも嬉しくなどなかった。

血と愛液まみれの指をしゃぶる行為に涙が止まらない。それでもセレーナは口淫を続けた。

セレーナの身勝手な行動のせいで、誰かの人生が狂ってしまうことも怖かったが、今はライアンのすべてが恐ろしくてならなかった。

なのに、臀部に当たる熱い塊の存在を意識してしまう自分が悲しい。灼熱の楔を打ち込まれる快感を求めて、秘部が疼く。ひくひくと蠢く淫靡な口が垂らす涎《よだれ》を無意識に塊へ押しつけた。花芯が当たるように腰を蠢かし、擦りつける。

ライアンは口から指を引き抜き、ぐっしょりと濡れた場所へ三度、指を潜らせた。

「あぁっ、あ……ん、んんっ」

指の動きに合わせて蜜が溢れる。下りてきた反対の手が花芯をこねる。外と内からの快感にひっきりなしに腰が振れた。

「あ……、あ……っ、……ぁっ！」

ライアンの膝上ではしたなく喘ぎ、ここがどこかも分からなくなるほど彼の指に翻弄されると、子宮で燻っていた快感が唐突に弾けた。

「んん――っ！」

背筋を走った強烈な快感。

脳天から抜けた絶頂感に強張った体がくたりと崩れた。ライアンはわずかにセレーナの体をずらすと、下衣を寛げ、怒張した欲望を取り出した。

「入れさせて」

剝き出しの臀部に欲望を擦りつけながらねだられた。素肌に当たるそれは火傷しそうなほど熱く、雄々しい。脈々としている欲望をあてがわれるともう「嫌だ」とは言えなかった。絶頂を迎えてもまだ疼く体は、ライアンの太いもので突いて欲しいと叫んでいる。快感に抗う術を知らないセレーナは、啜り泣きながら腰を浮かせた。

しかし、膝上に跨っているだけの不安定な体勢に体が安定しない。結果とらされた体勢はライアンを正面から跨ぐことだった。

手の拘束を解かれ、自ら体勢を入れ替える羞恥に怯えながらも、秘部にあてがった欲望を軸にゆっくりと腰を落とす。

「……ぁ、……は、ぁぁっ」

めり込む感覚がたまらない。皮膚の内側が快感に粟立つみたいだ。一気に腰を下ろしてしまいたいけれど、肉壁を広げる質量が苦しくて息が詰まる。ライアンの肩に手を置いて、ゆっくりと根本まで飲み込んだ。内臓を押し上げてくる圧迫感に、浅い呼吸を繰り返す。じわじわと怒張が放つ熱が内壁に浸透し、新たな疼きを生む。いつまで経っても終わらないもどかしさに、セレーナは欲望を締めつけることで快感をねだった。これが暴行の疑似体験であることなど、とうに頭の隅へ追いやられている。

「ライ…アンッ、くるし……」

「うん、セレーナの中が絡みついてくる。熱くて狭くて、気持ちいいよ」

「や…っ、ライア…ンッ」

腰を揺らし、涙目で肉欲の解放を乞うた。それなのに、ライアンは非情だ。「セレーナが動いて」と、喜悦に満ちた表情でさらなる痴態を望んだ。

「でき……、ないっ」

涙声の訴えも、微笑の前に消えた。

「僕が教えてあげる」

「あっ、や……、あぁん！」

腰を摑んでいた両手で、セレーナを上下に動かした。怒張のくびれがごりごりと内側を擦る動きに、セレーナは顎を反らせて快感に目を瞑る。

「もっと腰に力を込めて」

言われるがまま、腰を使った。

けれど、まだ律動が緩い。欲しいのはこれではなかった。じれったい肉欲にむせび泣き、ライアンを呼んだ。

いつもくれる、あの強烈な感覚が欲しいのに、どうして今はそれが与えられないの。

「ラ、イアン……っ」

夢中で腰を振りながら、吐息の隙間にライアンを呼び続ける。今、セレーナを救ってくれるのは彼だけ。この熱い楔で彼が思うがまま、突き上げて欲しかった。

ライアンは目を眇め、聞こえないくらい小さな声で何かを呟いた。

「ライアンッ、ま…だ……っ？」

「教えて、あなたは求められればこんな風に誰にでも体を開くの。だらだら涎を零しながら男を咥《くわ》えるんだ」

「なに、言って……？」

「侯爵に跨《また》がり、快感をねだるつもりだった？」

「違……、これ…は、あな…ただから」

ふるふると首を振り、泣いた。

（怒ってるの……？）

いつもと違う抱かれ方はそのせいなのか。

「何が違う。抵抗らしい抵抗もせず、言われるがままじゃないか。はしたなく腰を振り男の情欲を誘うあなたは、娼婦以上に浅ましいよ。僕だから？　そうだよ、他の人間に見せたりしないで。セレーナ、僕に謝って」

「で…もっ」

「セレーナ、イキたくないの？」

囁き、ライアンが下から突き上げた。

「――ッ!!」

待ちわびた能動的な刺激は、心臓が止まるほど鮮烈な快感だった。

しかし、それは一度きりで、また沈黙に沈んだ。セレーナは我慢できず、腰を揺すって快感をねだった。体中を渦巻く肉欲が苦しい。熱で爛れるほど彼の精を子宮の中へ放って欲しかった。

「や……だ。ライアンッ」

じゅぷ、じゅぷ…と音を立てて、ライアンを誘った。床は飛び散った蜜で点々と濡れている。

「セレーナ、ごめんなさいは？」

「ごめ……、ごめんなさいっ」

何に対しての謝罪なのかも分からないまま、セレーナは一生懸命詫びた。

「何が欲しいの？」

「ライアン……」

「愛して欲しい？」

「うん……、うん。愛して……っ、はや…く、早くちょうだい」

「どこにも行かないと誓って」

「誓う…から……!!　あぁ——っ！」

叫んだ直後、ようやく望んだ快感がセレーナを飲み込んだ。

座面に押し倒され、激しい突き上げに体ががくがくと揺れる。脳まで揺れてしまうほどの律動に意識が朦朧とする。亀頭のくびれが肉壁を擦る快感がひたすら気持ちよくて、セレーナは馬車の中であることも忘れ、喘いだ。

「あ……あぁ、あ……っ」

何も考えられなくなった思考は、ひたすら中を擦る屹立の動きを追う。止まらない刺激に悶えた。

「ライア……ン、も……」

乱舞する肉欲がはけ口を求めて体中を掻き毟《むし》っている。

気が触れそうなほどの強烈な快感に、セレーナは切れ切れな声で限界を訴えた。

火傷するほど擦られた秘部からはだらだらと蜜が零れている。教えられたわけでもないのに、自らライアンの動きに合わせて腰が振れる。どこまでも快感に貪欲な体はより強い快楽を求め、腰を振り続けた。

「セレーナ、出す…よ」

「あ……っ、あぁ…っ、ライア…ン」

「……ッ」

どくん…と欲望が肥大した後、駆け上がった快感たちが絶頂の扉を押し開けた。

声もなく達したセレーナの体を強く抱きしめ、ライアンもまた快感を解き放つ。

「……ぁあ」

（溢れ……ちゃ…う）

突き抜けた快感に痺れながら、セレーナは意識を混沌の海へと飛ばした。

吐精後の快感に息をつき、ライアンは上着のポケットからヴェネリースの涙を取り出した。

「可哀想に、怖かっただろう。……でも、セレーナがいけないんだよ」

屋敷から逃げ出し、嫌いなどと言って僕を傷つけるから、――あなたから聞きたいのは、愛しているの言葉だけ。

繋がったままの体をほんの少し揺さぶれば、「ぅ……」と微かな呻き声がセレーナの口から零れた。ライアンは乱れた彼女の髪をかきあげ耳を露わにさせると、そこにピアスを片方ずつはめ込む。

碧色の光に彩られた可憐な美貌を見遣り、ライアンは充足めいた吐息を零した。

これでセレーナは自分のもの。

どこにもやらない、誰にも渡さない。

ゆらり、ゆらりと腰を揺らめかすごとにピアスがゆらゆらと煌《きら》めく。破れた服から覗く乳房に手を這わせれば、瞬く間に欲望は硬度を取り戻した。

なんて単純な欲望だ。意識のないセレーナにすら、こんなにも発情している。

彼女を傍に置き続けられるのなら、悪魔にだってなろう。

「逃がさないよ」

揺れる馬車の中、ライアンは屋敷に着く間際までセレーナと体を繋げていた。

第三章

その日から、愛を育むべき場所がセレーナの鳥籠になった。

「僕だけを感じていて」

「ん、……んん」

拘束がセレーナの興奮を増幅させるものだと知って以来、目隠しをされ、手の自由を奪われた状態で滾る欲望を穿たれるようになった。

口腔を犯す欲望を舌と唇で扱き舐めることにも慣れた。じゅぷ、じゅぷ…と鼓膜を犯す卑猥な水音、口端から零れる唾液が顎から喉元へ伝う。

拘束された状態で怒張した屹立を愛撫する行為は、えも言われぬ快感があった。

（気持ちいい……）

彼の欲望が美味しいとさえ思った。口の中に広がる先走りの蜜がセレーナの肉欲を煽る。

そして、感覚が研ぎ澄まされると、記憶の奥底に押し込んだ箱がわずかに口を開かせた。

セレーナは闇の中にいた。ぐるりと視線を巡らせれば、頭上に光が見えた。

あれは、なに？

光の中からこちらを見ている人影があった。夢に出てくるあの少年だ。

なぜ自分は彼を見上げているのだろう。この感じる恐怖はなに?

『……けてっ!!』

セレーナは必死に叫んだ。けれど、少年はただこちらを見下ろしているだけで、微動だにしない。

(これが……井戸へ落ちた時の記憶なの?)

ライアンと再会してから見るようになった夢は、目を瞑るだけで見えるようになった。

(あの時、彼に大切な物を盗られたの……。そうよ、あれもヴェネリースの涙だったわ)

だが、それは本物ではなく、父が作った模造品だ。エメラルドの部分は翠色のクリスタルガラスがちりばめられていた。

今、セレーナの耳には本物の『ヴェネリースの涙』が揺らめいている。ライアンはなぜアルフォード家の女主人に受け継がれていく宝石でセレーナを飾ったのか。

どうして今になって昔の嫌な思い出ばかり蘇ってくるの。

黒髪の少年に宝物を盗られ、大きな犬に追いかけられた。その結果、井戸へ落ちたのだとしたら、あの少年がセレーナを突き落としたのだろうか。

あの男の子は誰? 知っている気がしてならないのは、どうしてなの。

(あぁ、耳が重たい)

ヴェネリースの涙が口淫の振動でゆらゆらと耳朶を揺らしている。

「セレーナ、飲める？」

かすれ声の問いかけに首を横に振れば、ずるり…と口腔から欲望が抜かれる。直後、生温かい体液が注がれた。

「あ……」

粘り気のあるそれがゆっくりと顔を伝って、下へと零れていく。

「何を考えていたの」

一拍置いて、セレーナは答えた。

「ここから……出して」

「まだそんなことが言えるんだ」

「あ……っ、あぁ!!」

足を大きく割り開かれると、欲望を押し込まれた。吐精した直後にもかかわらず硬度と熱を保持した楔が、容赦なくセレーナを穿つ。

ぬち…ぬち…と響く淫靡な水音に秘部がきゅっと締まった。

「ここをぐしょぐしょにさせるほど、僕のを舐めると興奮するんだ。出て行きたいのに僕に欲情している。おかしいね」

「や……ぁ、あん！」

「ん？　嫌なの。気持ちいいところはここだよね」

ライアンがぐっと腹部を押さえた。

「ひ……ぁ、あぁ……っ」

中をかき混ぜられ、亀頭のくびれが肉壁を擦る。子宮口を突き、セレーナを快感の海へと誘った。

「セレーナ、もっと……、もっと乱れて。僕に狂って」

「あぁっ、あ……、あ……ぁっ」

「気持ちいいって、言って。いやらしく僕をねだって」

「ライ……アンッ、やめ……」

「セレーナ、早く。止めてもいいの？」

意地悪く問いかけ、顔に残った残滓《ざんし》を手で掬うと、その指でセレーナの唇を撫でた。無言の強制に口を開けると、指が口腔を弄る。それに舌を這わせ、先ほどは飲めないと言った体液を舐めた。独特の味に眉を顰めるも、上と下の口を塞がれ穿たれる快感にそれどころではなくなる。視覚が閉ざされている分、自分でも信じられないくらい大胆になれた。自ら大きく足を開き秘部をひくつかせ、ライアンの欲望を何度も締めつけながら、夢中になって彼の指をしゃぶる。

「セレーナ、〝何を〟隠しているの？」

首を横に振れば、「うそつきだね」と律動が強まる。

「んん——っ!!」

強すぎる刺激に下肢が強張った。ベッドに繋がれた二の腕をバタつかせ、過ぎる快感に身悶える。

絶頂の予感を覚えた直後、不意に律動が止んだ。

「な……んで？」

自由になった口から零れた不満。秘部が浅ましいくらいライアンに絡みつき、あと少しで飛べる快感をねだっている。

「教えて、何を隠しているのか」

「あ……、あ……」

ゆるり、ゆるりと蠢く緩い律動にセレーナは嫌々と首を振った。

「ライアン、ライアン……」

「隠し事は許さないよ」

「やめ……、お願い。言うから、言えるから、はや…く！」

「セレーナが先」

快楽に溺れた体にぬるい刺激は拷問だった。セレーナは耐えきれず、今しがた脳裏に浮かんだ光景を話してしまった。

話を聞き終えたライアンは、おもむろに目隠しを外した。

瞼を射す光に眉を寄せながら、目を瞬かせる。

「それは、どんな少年だった？」

問いかけにゆるゆると目を開け、逆光で陰になったライアンを仰ぎ見た。

「……ッ」

薄く開いた目に飛び込んできたのは、瞼の中でしか見えないはずの少年の影。それが今、ライアンの影に重なって見えた。

まさか、こんなことがあるの。

ライアンの両手が頬を囲い、そして首元で止まった。

「僕が怖い？」

（あの少年は、ライアンなの……？）

微笑に彩られた美貌のなんと恐ろしく美しいことだろう。

「あ……あぁ、嘘よ」

あの少年がライアンだなんて。

「笑って、セレーナ。あなたの笑顔が見たいんだ」

「ラ……イアン、嘘。嘘だと言って」

「もうあなたの泣き顔なんて見たくない。セレーナ、何も思い出さないで」

「い……やぁぁ――っ!!」

噛みつくような口づけと共に始まった律動、容赦なく最奥を攻めるライアンの腰遣いにセレーナはなす術もなく翻弄される。

「あ……っ、く、あ……あっ」

「どこにも行かせない」

「あ…、あ……あぁっ」

「ここで僕を愛していて」

「や……あぁっ、あ…あんっ」

精で汚れた頬を撫で、その手で全身を撫でる。体中余すところなく彼の精を塗りたくられる行為に嫌悪を覚えなければいけないのに、今はそれにすら興奮する。

「また締まってきた」

ほくそ笑み、ライアンが花芯を摘んだ。擦られ、強く指の腹で押し潰される。

「ひぁ……あっ、あぁ……、あ」

止まらない律動と、溢れる蜜音。ぬちぬちと聞こえる淫靡な音にどうしようもなく欲情した。

「ライアン、や…め、ちが……ぅ、あぁっ！」

膝が顔につくほど高く腰を持ち上げられると、真上から突き落とされるように欲望が秘部を抉ってきた。これまでにない鮮烈な快感にセレーナは目を剝き、縛られた腕をがむしゃらに揺らして身悶える。

「あぁっ、あ……っ、あぁ――っ！」

律動ごとに飛び散る蜜が顔を濡らす。何度も何度も最奥を穿たれると、そのうち彼が誰であるかもわからなくなってきた。

今はこの快感だけがすべて。

強引に思考を遮られれば、快楽の扉はすぐ目の前だ。全身を巡る快感に何もかもがどうでもよくなる。セレーナは恍惚の色を浮かべ、与えられる快楽に酔った。

「セレーナ、愛している、は」

「あ……ぃ、……て」

ライアンに支配された意識と体で口走った言葉。何を言ったのかも分からない中、セレーナは彼の欲望が肥大するのを感じ、

「——ッ!!」

声すら出ない絶叫を上げて、絶頂した。どくどく…と子宮へ流れ込んでくる精に体をうち震わせながら終焉を迎えた行為に涙し、意識を手放した。


「セレーナ、良い子にしていてね」

ぐったりとベッドに横たわるセレーナの額に口づけ、夜会の準備を整えたライアンは招き入れたイヴァンに留守を命じ、部屋を出て行った。

ガチャ……。

扉外で聞こえる施錠音に息を吐いて、重い瞼を閉じる。

ようやくひとりになれた。

洗い立てのシーツの心地良さだけが、セレーナを慰めてくれる唯一のもの。侍従がベッドメイキングをする間、セレーナは隣の部屋で体を清められ、またそこで散々嬲られた。

彼の腕の中ではしたなく喘ぐ羞恥も、情事の後始末を他人にさせる後ろめたさも、慣れてしまえばなんてことはないものだ。

（ライアンが、あの少年だった……？）

セレーナを見下ろしていた少年が、ライアン。この目で見たことでも、セレーナはまだ信じられなかった。

いや、信じたくなかったのだ。

彼がセレーナを井戸へ落とすはずがない。そう思いたかった。

しかし、セレーナにはライアンが今何を感じ、何を思っているのかがまるで読めない。彼がそれらを口にすることはない。心をひた隠しにする理由すら教えてくれない。

賭けのことも、フィオナとの関係についてもだ。

確かめたくても、セレーナの世界はこの寝室の中だけに限定されてしまった。

廊下へ出る扉の前には猟犬のイヴァンが、扉の外には侍従が待機していて、内扉には向こう側から鍵がかかっている。窓の外は湖。

貴婦人となるべく学んでいた勉強も、あの日以降、許されなくなった。ライアンはセレーナのすべてを支配下に置き、制限を設け、監視し始めたのだ。

ここにあるのは、怠惰な時間だけ。

ライアンの帰りを待ち、彼に抱かれることがセレーナのすべてになった。今や彼がセレーナに選ぶ衣装は薄いナイトガウンだけだ。

猛烈な虚脱感と、厭世観《えんせい》がセレーナの全身にまとわりついている。

いったい、何が辛く悲しいのかも分からなくなりそうだった。一度に受けた衝撃が大きすぎて、心を重くさせている理由が限定できない。

ここへ閉じ込められている理由も、フィオナのことも、この結婚も、ライアンの心も。されるがままになっている自分の心すら分からない。

もちろん、これからのこともだ。

考えなければいけないことはあるのに、何ひとつ心に留まってくれない。まどろみの中にたゆたい、気まぐれに心を掠めていくそれらを捕まえることは、水を摑むことよりも難しいことに思えた。

（でも、それでいいの。もう何も考えたくない……）

皮肉なことに、この部屋にいる限り、セレーナは思考を放棄できる。自分のあり方すら考えなくていい空間。ライアンに抱かれるだけでいい空間は、ある意味セレーナにとっての楽園にも思えた。

この部屋に留まっていれば、ライアンは必ずセレーナのもとへ帰ってくる。愛の言葉を囁き、欲望から吐き出す飛沫でセレーナを満たしてくれる。

彼の愛がどこにあるかなんて、考えなくていい。彼が誰を愛していようと、毎夜ライアンが抱くのはセレーナひとりだけ。そのことが嬉しいと思う自分は、おかしくなっているのだろうか。

まるで彼の人形になった気分だった。

「ふ……、ぅう」

なのに、なぜかひとりになると涙が零れた。

納得しているはずの環境なのに、それでは嫌だと泣く声がする。セレーナの心だ。

ひび割れ、壊れかけた心がセレーナに懇願してくる、助けてくれと。本当に砕けてしまう前に、彼の傍から離れたいと訴えていた。

（ごめんね……）

それでも、セレーナはライアンから離れることなどできない。

ライアンは禁断の実そのものだ。

味わってしまえば、次をねだらずにはいられない。彼の与える快楽はそれほどセレーナを翻弄し、夢中にさせてしまう。体が覚えたライアンの温もり、質量、彼の匂い。これ以上の快感を植えつけられてしまったら、もう彼がいないと生きていけなくなる。

本当のことが知りたいのに、なぜライアンは何も話してくれないのだろう。

幾度も浮かんでは消えていく疑問は、セレーナをいたずらに傷つけるだけだ。考えるだけ無駄なら、もう何も考えない方が良い。この部屋で彼がくれる快感に溺れていたい。

なのに、現実は「目をそむけるな」とセレーナを叱咤する。

ゆるりと瞼を開け、扉前に寝そべるイヴァンを見た。

（どうしてよりにもよって、この犬なの）

セレーナが犬嫌いになった原因を作った犬も、イヴァンと同じくらい大きな犬だった。目の前にある事実を受け入れるべきなのだろうか。

心の傷は時を経れば風化するものだと思っていた。心は常に新しい傷に血を流す。古傷が痛むことはあっても、心がつぶれるほど痛みはしない。長い時間をかけて耐性を作り、痛みに慣れていくからだ。

けれど、受けたばかりの傷はそうではない。流れた鮮血分だけ心が萎《しぼ》む。幾度となく傷を受けてきても、ひとつとして同じ痛みはない。

そしてセレーナが受けた傷は、一度も経験したことのないもの。

ライアンを憎んでもいい環境にいるはずなのに、彼を思うと胸が切なくなる。非道な扱いを受けてもなお、心はライアンを求めていた。

セレーナの苦悩を見て笑ったライアン。あれが彼の本性なのだろうか。井戸を覗き込んでいた少年とライアンが重なって見えたのは、ライアンが醸し出す得体のしれない恐怖が共鳴したのかもしれない。

(愛してる……て、なに?)

肌を重ねるほど、心の距離が遠くなる。セレーナはできた溝の深さに悲観し、静かに涙を零した。

☆★☆

（……レーナ）

先の見えない暗闇の中を、ライアンは泳いでいた。愛しい人の姿を求めて、延々と闇の奥へと潜っていく。

息苦しさはなかった。

その代わりに感じるのは、恐怖。

ライアンはこれが夢であることを知っていた。十年も見続ければ、ここがどこで、この先にどんな展開が待っているかも分かっている。

しかし、今度こそという思いが毎回ライアンを突き動かすのだ。

（もうすぐ見える）

すると、煌めく碧色の光が見えた。

ゆらゆらと歪な光を発しているそれに手を伸ばす。手の中に収め、それを両手で抱きしめた。光は輝きを増し、やがてひとりの少女の姿となった。

（セレーナ）

ライアンは背中から強くセレーナを抱きしめた。

『……』

何百回も繰り返した懺悔《ざんげ》。だが、ライアンの唇はいつもその一言を声にしない。伝えたい言葉がある、寄せたい心があるのに、声を奪われた人魚のように大切なことが伝えられなかった。

　そのうちセレーナがゆるりとこちらを振り返る。その時だけセレーナの顔が十年前の少女の顔に戻り、

「……嫌い、あなたなんて大っ嫌い!!」

　ライアンを拒絶し、セレーナは弾けるように跡形もなく霧散した。


「……ッ!!」

　ガタン…と大きく揺れた馬車の振動に、ライアンはハッと目を覚ました。

(夢……か)

　セレーナと交わした情事の疲れが出たのか、馬車の揺れに誘われたのか、いつの間にかうたた寝をしていたようだ。

　右側に感じた重みに目を遣れば、フィオナがライアンの肩に頭を預けてもたれかかっている。腕には彼女の手が絡まっていた。

　視線に気づいたフィオナがゆるりと顔を上げた。

「愛しています」

　碧色の目が熱っぽく潤み、赤い唇が愛を告げた。ライアンはそれに答えることをせず、視線を窓の外へ流す。

　欲しいのは、この愛ではないからだ。

（セレーナ……、ごめんね）

離れていればいくらでも言えるのに、彼女を前にしたら夢の中ですら詫びられない臆病な自分。

謝罪を愛の言葉に変えても、何の意味もない。だが、ライアンにはこの方法しか選べないのだ。

（最悪だ……）

開き始めたセレーナとの溝を埋める術を知らないうちは、この愚行を続けるしかなかった。


「ライアン、ちょっと出歩きすぎなんじゃない？」

夜会で顔を合わせたレイモンドは、ライアンを見るなり文句を寄越してきた。

「ごきげんよう、レイモンド様」

「これはフィオナ嬢。今夜もお美しいですね」

レイモンドは優雅な仕草で腰を折り、差し出されたフィオナの手の甲に口づける。

「レイモンド様、あまりライアン様を虐めないでさしあげて？　すべて私のためにしてくださっているのですもの」

「フィオナ嬢の？」

訝しげなレイモンドに、フィオナはほんのりと頬を赤らめた。

「はい。ライアン様は私の気晴らしになればと、こうして夜会へ連れてきてくださっているのです。赤ちゃんが生まれてしまえばしばらくはこういう場にも来られなくなるでしょう？　それまでは二人で楽しみましょうとライアン様がおっしゃってくださったの」

「……なるほど」

　ライアンは隣りに立つフィオナに言った。

「フィオナ、少し顔色が悪い。無理は良くないよ、向こうのサロンで休んでおいで」

「はい。――レイモンド様、失礼いたしますわね」

　ドレスの端を摘んでの挨拶に何とも言えない顔で頷き返したレイモンドは、フィオナの姿が見えなくなるや否や、じろりとライアンを睨んだ。

「何、この状況。どうなっちゃってるの」

「どうもこうもない、見たままさ」

「ちょっと、こっちに来て！」

　むんずと腕を掴み、レイモンドは広間を出てビリヤードルームへ入った。

「レイモンド、葉巻の匂いが移ってしまうだろ」

「ちょっとの間だから我慢して！　それより、なにあれ！　〝二人で楽しみましょう〟って、本当に言っちゃったわけ？　君さ、噂通りフィオナを孕ませたりしてないよね!?」

　頭ひとつ低いところから睨まれ、ライアンはヒョイと肩を竦めた。

「全部、彼女の妄想だよ」

事実、ライアンはフィオナには指一本触れていない。いくら堕落した女遊びを繰り返していたとはいえ、頭の中に花畑があるような令嬢は後々厄介な存在に変貌することくらい予想がついていた。それに、ライアンがフィオナと話をしたのは、セレーナを妻として屋敷に入れた、あの時だけ。彼女の妊娠も、突飛な妄想癖に気づいたのもつい最近だ。

フィオナを夜会に連れてきているのは、彼女が言った理由などではない。

だが、フィオナは都合のいい解釈と妄想を織り交ぜ、それを吹聴して回っている。さも自分が伯爵夫人であるかのように振る舞う様に、今や社交界はアルフォード家の醜聞《しゅうぶん》でもちきりだった。

「あの子にかまう暇があるなら、セレーナを大事にしてやりなよ。一生、社交界へ出さないつもり？」

「それも良いね」

「ライアン！」

「冗談だよ」

力んだ視線を冷笑でかわし、ライアンは本気を冗談へすり替えた。

「君さ、このところ眠れてないの？　疲れた顔しちゃって」

「そうだね、セレーナを抱くのに忙しいんだ」

「そういう冗談はいらない」

（それでも、事実なんだよ。――悪夢を見たくないからね）

ライアンを苛み続けた悪夢はセレーナを得てもなお、続いている。

目を閉じれば見える翠色の光。手を伸ばし抱きしめるたびに聞こえる声がある。

(セレーナ、僕を嫌わないで)

叶うなら、一生彼女を閉じ込めてしまいたい。すでに半分現実になりかけている願望をせせら笑い、屋敷にひとり残してきた愛しい人へと想いを馳せる。

(思い出さないで)

あの日以来、ライアンは発情した獣よりも浅ましくセレーナに欲情している。枯渇を知らない精で、日に何度彼女の子宮を満たしただろう。届かない愛の言葉をどれだけ囁いた? いっそセレーナの血脈が注いだ子種で白くなればいいのに。

馬鹿げた妄想に支配されてしまうくらい、ライアンはセレーナに狂っている。

快感を武器に愛の言葉を強要させているが、一度も彼女の心に触れた気がしない。あの日からセレーナは笑わなくなってしまった。

カントゥルで見せてくれた弾ける笑顔が見たい。あそこが自分たちの楽園だった。

しかし、そもそも自分は罪人だ。何食わぬ顔でセレーナを愛し続けることが許されるはずなどない。ここにきて、カーティスの言葉が胸に重くのしかかっていた。

セレーナに対して誠実な男。今のライアンはそこから遠く離れた場所で善人の皮を被ろうと足掻いているにすぎない。

ライアンに求められていることは、過去を告白し、赦しを乞うこと。決してセレーナを軟禁しその体を貪り続けることではないのだ。

　分かっていながらそれができないのは、自分が臆病者だから。

　恐怖があるのだ。罪を告げればセレーナは自分から離れていってしまうという恐怖が常にライアンを脅かしている。ならばセレーナを閉じ込めておく以外、今のライアンにできることはない。

　愛しているから、手放したくない。

　あぁ。早く彼女の中に新しい命が芽生えてくれればいいのに。

「これはライアン殿、今宵も同伴はわが娘かね？」

　入ってきた張りのある声に、ライアンはひっそりと息をついた。振り返らずとも相手は分かっている。

　もとはと言えば、渡した慰謝料で侯爵が満足さえしてくれれば、こんな事態にはならなかったのだ。

「今夜は体調を崩していましたので休ませているだけです」

「ほう、一昨日もその前も似たような理由だったな。町娘にこの世界の水は毒だったとみえる。所詮、我々とは違う種類の人間だということだ」

　声音にはありありとセレーナへの蔑《さげす》みが込められていた。その町娘の色気に惑わされ手を出そうとした輩が偉そうに何を言う。

「娘の腹はでかくなる一方だ、いつになったら責任を取ってくれるつもりなのかね」

「何のことでしょうか」

逆に問い返すと、侯爵が鼻白んだ。

「あの娘、なかなかの上等品だったな。遊び慣れたお前が夢中になるのなら、さぞあそこの具合も良いのだろう」

下種な物言いに、ライアンは眉を吊り上げた。

いつもなら笑って受け流せる言葉も、鬱積《うっせき》する不安と現状への不満からつい感情が表に出てしまった。

「セレーナにあらぬ話を吹き込みましたね」

「何のことだ？　お前の素行の悪さか、それとも――お前があの娘を井戸へ突き落としたということか？」

よもやの事実に目を眇めれば、侯爵の口元が上向きに弧を描いた。

「なぜそのことを知っているか、と言いたげな顔だな。お前の過去を調べることくらい造作もないことなのだぞ。それに、どちらも真実なのだから仕方がないだろう。恨むなら自分の過去だけにしたまえ」

油で固めた髭を撫でつけながらライアンの苦渋を嘲笑うと、侯爵は満足げに部屋を出て行った。

「なに、あれ」

隣で静観していたレイモンドは呆気にとられている。

「ライアン、侯爵が言っていたことって……」

「――あぁ」

「井戸へ突き落としたっていうのは？」

悔しいが事実だ。だが、それを認める勇気はまだない。答えずにいると、レイモンドは静かに息を吐いた。

「なるほどね。でもさ、あの様子だとまったく君の動向には気づいていないみたいだったね。過去を調べられているのはお互い様だっていうのにさ」

話題が変わったことにホッとして、ライアンは視線を上げた。

「それでいい」

セレーナを手籠めにしようとしたりしなければ、見逃し続けてやったものを。常々、侯爵には黒い噂が付きまとっている。侯爵はすべて金を積んでもみ消してきたつもりだろうが、果たして今回もそれで治まるだろうか。すぐにでもひねりつぶしてやりたいが侯爵という位はさすがにやっかいだった。

(必ず地獄へ落としてやる)

「うっわぁ、悪い顔してるね。悪魔みたいだよ」

「それで、頼んだものは調べてくれた？」

レイモンドのからかいを聞き流し、ライアンは本題に入った。

「うん、施条痕は一致した。間違いなくあの薬莢《やっきょう》は侯爵の拳銃から発射されたものだ。でもさ、どうやってアレを手に入れてきたの？」

「別に。侯爵が女の尻を舐めている間に忍び込んで拝借してきただけさ。ちゃんとレプリカも置いてきたからまず気づかれはしないよ」

侯爵は八年前の娼婦殺傷事件をライアンが追っているなど、夢にも思っていないだろう。

「……そういうのを世間では泥棒って言うんだよ」

レイモンドの非難を一笑に付し、ライアンは侯爵が消えた扉を強く睨んだ。

セレーナの素晴らしさを知っている男は、世界中で自分ひとりだけでいい。ほんのわずかでも彼女の肌を見た者がいると思うだけで気が狂う。あの男の目をくり抜き、眼球に残る彼女の残像まで焼き切ってやられなければ気が済まない。

何と誹《そし》られようとも、ライアンにとって唯一なのも必要なのもセレーナだけ。

たまらなく愛おしいと思っているのに、己の弱さゆえに彼女を縛ってしまった。彼女が過去の記憶を取り戻してしまった時、自分はどうなるのだろう。

(お願い、思い出さないで)

何も知らないまま、愛されていて。

奥歯を噛み締め、ただひたすらにこの現状を望んだ。

「よぉライアン。相変わらず名声を上げているじゃないか。どうだ、久しぶりに俺たちと派手に遊ぼうぜ、女落としゲームだ」

そこへ声をかけてきたのは、かつての遊び仲間だった。

「悪いけれど、そういうことはもう止めたんだ」

「まさか結婚したから、とかいうなよな。フィオナ嬢を連れて遊び歩いているのは誰だよ」

（あぁ、そうだったね……）

　この男、かなり前からフィオナに入れ込んでいたのだ。だがフィオナが見ているのは寝ても醒めてもライアンただひとり。大方、セレーナと結婚してもなお、フィオナを連れて出歩くライアンが気に入らないというところだろう。

　素気無く言い捨て部屋を出て行こうとすると、肩に手がかかった。

「お前、いい気になるなよ」

「そんなつもりはないよ、粋がっているのは君の方だと思うけれど」

　男はみるみる眉を吊り上げ、ライアンの胸元を掴み上げた。

「上等じゃねえか。おい、フィオナから手を引け」

「本音はそれだろ。僕としてはいつでも引き取ってくれてかまわないよ。子持ちで良ければだけど」

「き……さま！」

「わ――っ、はい！　ストップ!!　そこまで！　こういうことは紳士らしくカードで決着を付けよう。ね！　はい、決まり!!」

　振り上げた男の腕に見かねて仲裁に入ったレイモンドは、小柄な体をライアンたちの間に割り込ませて叫んだ。

男はレイモンドの登場にチッと舌打ちし、しぶしぶ振り上げた手を下ろした。公爵家の嫡男相手では分が悪いと踏んだのだろう。

「ライアンもそれでいいね」

この男がまともな勝負をするはずがないことは、雰囲気で感じとっていた。何らかのいかさまを使い、ライアンを完膚なきまでに叩き潰すつもりだろう。

(それも、いいか)

今後しつこく付きまとわれるくらいなら、ここで大敗を演じてやるのも手だ。

案の定、レイモンドの目もそうしろと睨んでいる。

「——分かったよ」

肩の力を抜いて頷けば、男が意味深な笑みを口端に浮かべるのが見えた。


夜半過ぎ、玄関に人の気配がした。

それまでおとなしかったイヴァンが立ち上がり、「開けてくれ」と扉を掻いた。ベッドの上で本を読んでいたセレーナはチラリとそちらに顔を向けた。

「……私に開けろと言っているの？」

問いかけると、イヴァンが扉の前でお座りをした。セレーナが動く気配がないと、また扉を掻いて催促する。

（誰か気づいてくれないかしら）

外にいる侍従が気づいて開けてくれないだろうか。しばらく待ってみたが、扉が開く気配は一向にない。そのうち、階下から何かが割れるけたたましい音が聞こえていた。

ぎょっと目を瞠ると、イヴァンがさらに扉を掻き、吠えた。

向けられた視線の強さに肩を震わせても、イヴァンは分かってくれない。

「わ、分かった。開けてくれるよう頼んであげるわ。だから、少しだけそこから離れて」

訴える目に負けて、セレーナは本を傍らに置いてベッドから降りた。

イヴァンはセレーナの言葉を理解したのか、「離れて」の指示通り、扉から少し離れてくれた。

「と…飛びついたりしないでね。いいって言うまで動いちゃだめよ」

何度も念押しして、恐る恐る扉へ近づく。イヴァンの視線に晒されながら、扉を叩いて外にいる侍従に声をかけた。

「お願い、イヴァンが外に出たいと言っているの。開けてくれない？」

いつもならすぐに返事が返ってくるのに、いつまで経っても沈黙が続いた。思わずイヴァンを見遣り、首を傾げると同じようにイヴァンも首を傾げた。

（どうしたのかしら？）

その時だった。

「だからやりすぎだって言ったんだよ！　薬盛られるのを黙認するなんて、馬鹿じゃん！」

「……るさい、平気だって言ってる…だろ」

「はーい、酔っぱらいの常套句《じょうとう》いただきました。ほら、着いたぞ……て、なにコレ!?」

レイモンドの度肝を抜かれた声がして、セレーナはまた首を傾げた。

「お……まえ、何してんの……」

「レイモンド？　どうかしたの」

「セレーナ!?　えっ、そこにいるの！」

「う、うん。ねぇ、何を見て驚いているの」

「いや、何って……」

言いよどむレイモンドの横で「失礼します」とセバスの声がした。錠を外す音が聞こえたのち、レイモンドとセバスに両脇を抱えられたライアンが入ってきた。

ライアンはセレーナを見るや否や、あどけない笑顔で「セレーナ」と腕を伸ばしてきた。

おぼつかない足取りに慌てて彼の懐に飛び込み体を支えようとしたのだが、逆に思わぬ力強さで抱きすくめられた。

「えっ、ちょっと。ライアン!?」

「僕の……セレーナ。愛してる」

囁き、唇を寄せた。

「や……だ、ライアン!!　お酒臭いっ」

酒に浸かってきたのではないかと思うほど全身が酒臭い。鼻がもげそうなアルコール臭に思わず顔をそむけると、ライアンはそのまま前のめりに倒れてきた。

「わっ、うそ……っ！」

咄嗟に受け止めるが、相手は半分意識のない成人男性。小柄なセレーナが受け止めきれるはずもなく、逆に床に押し潰されそうになったところをレイモンドたちに助けられた。

「だ、だだ大丈夫!?　ごめんね、怪我はなかった!?」

「あたたた……、私は平気。それよりもどうしてこんな飲み方をしたの」

尻もちをついたセレーナに手を差し伸べながら、レイモンドはしごくばつの悪い顔をした。

「あぁ、うん……。まぁ、今夜はちょっと虫の居所が悪くてさ。カードで大負けしたんだよ」

「うそ、ライアンが？　大負けって、どのくらい？」

「多分、絵画が二枚は買えちゃうくらい？」

あのライアンがカードで大負けをした。それだけでも信じられないのに、賭けた額の大きさに唖然とした。

なんて下手くそな遊び方だ。ライアンは限度と言う言葉を知らないのだろうか。

絶句すると、「そうだよね〜、そんな顔になるよねぇ」とレイモンドがしみじみ唸った。

「まぁ、賭けの件は本人の責任だし何とかするとは思うよ。とにかく、ベッドまで運ぶよ」

「ありがとう、お願いするわ」

言って、セレーナは辺りを見渡した。

「そういえばフィオナ様は？」

「先に帰ってもらったよ。身重の身だしね」

それではさきほど聞いた扉の音は、フィオナが帰宅した時のものだったのだ。

「はーい、ちょっとごめんね。道開けて」

「あっ、ごめんなさい」

飛び退いた前をレイモンドとセバスが両方からライアンを支える格好で通り過ぎ、ベッドへ横たわらせた。真っ赤な顔をしたライアンは、酒臭い息を吐きながらすでに眠りの淵へと旅立っている。

どれだけ飲めばここまで酔えるのだろう。祖父と飲んでいた時は酔った素振りなど微塵もなかったはずだが。

「お水持って来てくれる？　起きたら飲みたいと思うの」

セバスに頼み、セレーナはぐっすりと眠る横顔を見下ろした。寝苦しそうなネクタイを解き、ついでにジャケットも脱がせた。掛布をかけて立ち上がろうとした時、ツン…と後ろに引き戻される。見ればライアンがセレーナの服の裾を摑んでいた。

こんな時だけ可愛いことしないで。

彼の手から袖を引き抜くと、今度は作業していた手を握られる。しっかりと握りしめられた手はもう何をしても抜けなかった。

　それを見ていたレイモンドが呆れた顔で失笑した。

「どれだけセレーナが好きなんだか」

「……さぁ。あなたが思ってるほど好きじゃないかもしれないわよ」

「そんなわけないじゃん。寝ても醒めても口を開けば〝セレーナ〟しか言わないのに。こういうのを〝ゾッコン〟て言うんでしょ」

　そうだったらどれだけ良かったか。何も言えず曖昧に笑うとレイモンドは眉を顰めた。

「もしかして、侯爵から色々と聞いちゃった？　ライアンの女の子遊びのこととか」

　問われて、ビクッと肩が震えた。

「ごめん。今日さ、夜会でそういう話を聞いちゃったから。そっか……。この子は何て言っていた」

「些末な過去だって……。でも」

「でも、なに？」

　レイモンドが怪訝な面持ちでセレーナを見遣った。

「何か思うところがあるんだね。セレーナはさ、自分が今どういう状況に立たされているか知っているの？　あの施錠は何」

　首で扉を指されて見に行こうとしたが、ライアンの手が邪魔で動けない。苦笑したレイモンドが仕方なくそれを取ってきて見せてくれた。

手に持ってきたのは、三重に連なった鎖に南京錠がぶら下がっていた。外から鍵をかけられていることは知っていたが、ここまで厳重なもので施錠されていたとは思いもしなかった。

瞠目すると、レイモンドに「知らなかったんだ」と逆に驚かれた。

「鍵をかけられているのは知っていたけれど」

「逃げ出そうとは思わなかった？　もしかして、そんな気力すら奪われていた？　――セレーナ、上に何か羽織った方がいいよ」

レイモンドが自分の胸元をトントンと指で指して、セレーナに言わんとすることを伝えた。

「あ……っ」

見下ろせば、ライアンがつけた痕が丸見えになっている。カッと体中を赤くして、セレーナは慌ててショールを羽織った。

レイモンドは苦笑とも微笑ともとれる笑みを浮かべて、セレーナを見た。

「ライアンはね、本当に君のことが大好きなんだよ。何があったのかは言いたくないのなら聞かないけど、そこだけは分かってやって」

「レイモンド……」

碧眼の双眸は真摯な眼差しでセレーナを見つめていた。

「ライアンはセレーナと結婚してからとても幸せそうなんだよ。見てれば誰でも分かるよ。

だってこの子、昔はてんで笑わない子だったの」

「嘘」

「本当。ね、驚いたでしょ？　他にもあるよ。例えばライアンの幼少時代がちびデブのいけ好かない奴だった、とかね」

「ライアンが、太っていた？」

　思わず眠るライアンを振り返ってしまった。

「そう、性格も見た目も悪い、本当に残念なお子様だったよ。それが母親の療養先から戻ってきた頃ぐらいかな。急におとなしくなったんだ。一日家に閉じ籠もって、勉強ばかりするようになった。そのうち背もぐんぐん伸びて、五年もしないうちにアヒルの子は孔雀になった。一時期、入れ替わり説まで流れたくらいなんだよ」

　レイモンドの昔話を聞きながら、セレーナは信じられない思いでライアンを見つめていた。美の化身みたいな男だから、生まれてきた時からそうなのだと思っていた。

「見た目が代われば当然周りの反応も変わる。社交界に出る頃には婚約の話も山ほどあった。けれど、ライアンはどんな好条件の婚約にも頷かなかった。その分、色々と遊んではいたけどね。それがふらっと片田舎に行って戻ってきたら、結婚してきちゃったんだもん。それからは呆れるほど〝セレーナ〟ばっかりだよ。あの気持ちが嘘なら、僕は愛の何を信じればいいのさ」

　うんざり顔で大仰に首を揺らしたレイモンドは、「ねぇ、セレーナ」と少し甘えた声で呼んだ。

「ライアンを見捨てないでやって、この子は悲しいくらい君だけを見ている」

乞われても、セレーナには頷けなかった。愛を信じるために必要な彼の心が見えないからだ。押し黙ると、レイモンドは苦笑する。

「でも、君が今すぐにでもここから逃げ出したいと思っているのなら、僕が連れ出してあげる。ライアンに文句は言わせないよ」

「ここから出る？」

「そんなに驚くことじゃないよ、君にとって過酷な状況なのは見てとれる。ねぇ、セレーナはどうしたい？」

「どうしたい……？」

反芻して、それきりセレーナは口ごもった。

答えが見つけられずにいると、レイモンドがほっと肩から力を抜いた。

「いきなりすぎたかな、ごめんねセレーナ、戸惑わせちゃって。できることなら、ちゃんとライアンと話し合って。伯爵夫人の座はセレーナが想像している以上に今も競争率が高いよ。うかうかしていると本当に盗られちゃうからね。来週の公爵家の晩餐《ばんさん》には二人で来るのを期待している、待っているからね」

そう言って、レイモンドは帰っていった。

二人きりになった部屋で、セレーナはベッドに腰かけ、眠るライアンを見つめていた。

（私しか見てない、か……）

美貌にかかる前髪を梳きながら、レイモンドに言われた言葉たちをもう一度なぞった。

彼は出会った時から不器用で表情豊かで、どこへでもついてくる犬みたいな人だった。

それはカントゥル中の住人が知っている。笑わないライアンなど、セレーナの中にはいない。

いつだって甘い微笑を浮かべていた。

セレーナは人差し指で薄い唇に触れた。この唇が震えながら愛を乞うた。セレーナだけを愛していると言ってくれた。

会えなくなることが何よりも辛かった。故郷を離れることになってでも、彼についてきたのは——彼のことが好きだから。

彼の人となりに触れるうちに、恋に落ちていた。

（あの少年がライアン）

聞かされたライアンの少年時代から、いよいよ疑惑が確信になってきた。記憶は曖昧なままだが、与えられた情報は彼がセレーナを井戸へ落とした少年であることを示している。

自分は、そんな少年の妻になってしまったのだ。

なのに、どうして？

ライアンから離れなければと思う自分と、彼を恋しいと泣く自分がせめぎ合っている。

この結婚が賭けの延長だったとしても、セレーナはライアンを愛している。彼と紡いだ思い出が今もキラキラと輝いているから、苦しい。

溢れる想いは喉を焼き、涙を溢れさせた。

「愛しているのよ……」

嫌いになれたらどれだけ楽だったろう。

聞かせて、あなたの気持ちを。真実を。

繋いだこの手の温もりが、レイモンドの言葉こそ真実なら、お願い。あなたの心を見せて。

彼がカントゥルでしたように、今度はセレーナが彼の心を求めたらライアンは応えてくれるだろうか。

（お願い、愛してると言って……）

もし彼が心をひた隠しにする理由が過去のことと関係しているのなら、どうかその心を話して欲しい。私はあなたを傷つけたりしないわ。

零れた涙が、ライアンの頬に落ちた。


『悲しいくらい君だけを見ている』

レイモンドの説得から、五日が過ぎていた。

ライアンは翌朝には何事もない顔で起きてきたが、泥酔した部分の記憶は綺麗に抜け落ちていた。相変わらず、セレーナは軟禁状態に置かれている。

しかし、味方がひとりもいないわけではなかった。

外で待機している侍従に頼めば、大抵のものは用意してくれる。その場合、部屋の鍵を開けるのはセバスと決まっていた。

セレーナは失敗を覚悟で、セバスにある提案を持ちかけたのだ。

「かしこまりました。お任せください」

セバスの頼もしい言葉を信じ、セレーナはじっとその日が来るのを待っていた。

「いかがでございましょう」

姿見に映る正装した姿に、セレーナは大きく頷いた。

シルバーホワイトのドレスに両耳を飾るヴェネリースの涙がよく映えている。髪を結い上げた分、存在感はさらに強調されていた。

これはアルフォード家の女主人の証。

緊張でわずかに青ざめているセレーナに、「お美しいです」とセバスが言葉をくれた。

「ありがとう、行ってくるね」

「必ず、よい結果になると信じております」

「うん、私もそうなりたい」

セバスに扉を開けてもらい、ライアンがいる書斎へ向かった。コクリと喉を鳴らす前でセバスが扉を叩く。

「どうぞ」

扉が開かれ、セレーナは中へ足を踏み入れた。そこには今夜公爵家で催される晩餐へ出席するために準備を整えたライアンがいた。

ライアンは執務机から顔を上げ、セレーナの姿を見るや否や驚いた顔で、立ち上がった。足早に近づくと、正装したセレーナを食い入るように見つめ、やがて小さく首を横に振ったのだ。

やはり、これでは満足のいく出来栄えではなかったのか。

それでも、ドレスも髪も、セバスが選び結い上げてくれたものだ。ライアンほどではないが、姿見に映った自分は決して首を横に振られるほど不恰好ではなかったはずだ。

「セレーナ、その恰好はなに、風邪の具合はもういいの？」

聞かれて、ついた小さな嘘を詫びた。

「……ごめんなさい、嘘なの。本当はどこも悪くないわ」

「どうして、そんな嘘を」

そうでも言わなければ、今頃セレーナは彼に抱かれてベッドの中だ。今夜の公爵家の晩餐にどうしても妻として連れて行って欲しかったから、セバスに協力してもらい嘘をついた。いつまでもこの状況を続けていてはいけない。

そう思ったから、セレーナは今、賭けに出た。

「ライアン、……私に隠していることがあるでしょ」

フィオナとのこと、賭けのこと、過去のこと。どれかひとつでもいい。告白し詫びてくれれば、彼を許せる気がした。ライアンのことが好きだから、彼を失うくらいならきっと許せるはずだ。

ライアンだってセレーナが記憶を取り戻しつつあることに気づいているはず。

(お願い、気づいて。私が求めていることに)

キュッとスカートの裾を握りしめ返事を待った。

だが。

「――何も、ない…よ」

この期に及んで白を切られたことにセレーナは悲しくなった。

視線から逃げるように、ライアンは黒髪の中に表情を隠す。

「……どうして正装を?」

「私は、――あなたの妻だから」

紛うことなき事実なのに、言った端からセレーナは後ろめたさを覚えた。黒髪の隙間から覗く彼の痛ましげな視線を直視することができなくなってくる。

あぁ、自分たちはどこですれ違ってしまったのだろう。

「セレーナ」

憐れみすら滲ませた声に涙が出そうだ。自分が今、どれだけ惨めなことをしているのかを痛感させられたから、辛い。

ライアンはセレーナに向き合うつもりはないのだ。

それでも、セレーナは己の想いを告げるべく、なけなしの勇気を奮い立たせた。

「私を選んで」

言って、顔を上げる。漆黒の瞳を揺れる視界の中で一心に見つめた。

私を愛しているのなら、他の女性と出かけたりしないで。

「あなたが、……きなの」

腕を伸ばし、ライアンの首に絡めると顔を寄せた。これがセレーナにできる精一杯の色仕掛けだ。

触れ合った唇にライアンがビクッと体を震わせた。セレーナはかまわず身を寄せ、深く口づける。恐る恐る背中に回された彼の手がセレーナを抱きしめようとしたその時だった。

「ライアン様」

扉向こうから聞こえたフィオナの声に、ライアンの手が止まった。

「……ライアン？」

ライアンはその手でセレーナの肩を押し、「……ごめん」と呟き、体から引き剝がした。

瞠目するセレーナから、視線を逸らし表情を隠す。

「あら、セレーナ様。今宵はどちらかへお出かけになりますの？」

ゆるゆると振り向けば、着飾ったフィオナが小首を傾げていた。たおやかな微笑と彼女の醸す緩やかな気配は故意を無垢で覆い隠していた。

「行こう、フィオナ」

それだけ言い残すと、ライアンは脇をすり抜け部屋を出て行った。

「セレーナ様、ライアン様を許してさしあげて」

セレーナを労わる口調は静かだが、擁護の言葉を語った声音とセレーナを見る目には憐れみがあった。

半ば放心するセレーナに、フィオナが言葉を続ける。

「こうなることをあの時、教えてさしあげれば良かったのですわね。本当に申しわけございません。ですが信じてください。私はセレーナ様にまで他の女性たちと同じ悲しい思いをして欲しくなったの。ライアン様は初めから私を選んでくださっていた。それなのにセレーナ様へ向けられた愛が一時のものだなんて、申し上げるにはあまりにも残酷でしたもの。早くセレーナ様の目が覚めますようにとたくさんの供物を捧げお祈りをしておりましたのに、神様はどれもお受け取りになってくださらなかったのですね」

「お祈り……、供物？」

「えぇ、テーブルの上に虫たちを。みんな私のお友達でしたのよ？」

無邪気な微笑みにセレーナは言葉を失った。

あぁ、なんてこと。

初めて、目の前の少女が恐ろしいと思った。あの時の言葉は、優しさから出たものではなく、彼女の狂気が言わせたものだったのか。

同じ賭けの対象にされたセレーナを憂いていたわけではない。彼女にはセレーナには理解できない何かがある。

隠されていた言葉をようやく理解すると、セレーナは糸の切れた人形のごとくその場に崩れ落ちた。

「う……そ」

焦点の合わない目がじわじわと霞む。体の奥底から込み上げてくる悲しみにセレーナは泣き崩れた。


蒼白い月の光が仄暗かった部屋に粛々と降り注いでいた。

涙で濡れた頬が冷気に当たって冷たくなっている。どのくらい、泣いていただろう。

散々泣いて、もう流す涙も涸《か》れた。心が空っぽになってしまった。

（私はいったい何だったの……）

ライアンの愛の言葉を信じたかった。賭けの延長での結婚だと言われた後でも、彼の心を信じようとしていた。だが、ライアンは目の前で違う女性を選んだ。

「ふ……ふふっ、あははは っ」

乾いた笑いが不意に口を突いた。

ライアンは一度も心を見せてはくれなかった。あの夜、繋いだ手には何の意味もなかったのだ。にも拘《かかわ》らず、セレーナだけが必死になって彼の心を求めていた。

あの憐れんだ顔が彼の気持ちを代弁していたではないか。

(本当に賭けの対象にしか過ぎなかったのね……)

ようやくそのことを理解した。ずっと信じたくないという思いが胸の中で燻っていて、この現実が嘘であればいいと願っていた。いや、嘘だと思いたかったのだ。けれども、それはセレーナの都合のいい願望でしかなかった。現実は目の前に突きつけられていたのに、セレーナが勝手に目をそむけ続けていただけ。

そこにあるはずのない、ライアンからの愛を探し続けていた。それだけだった……。

「ど……して」

確かに幸せを感じる瞬間はあったのに、いつからそれが幻へと様変わりしてしまったの。不幸しか待っていない未来を求めて、ライアンについてきたのではない。彼を愛しているから、ずっと傍にいたいと願ってこの地にきたのだ。

こんな惨めな思いをさせられるくらいなら、いっそ。

(帰り……たい)

今すぐ、カントゥルへ帰りたい。

手の中から顔を上げれば、蒼白い月が静かにセレーナを見ていた。いつもより蒼く見える月に涸れたはずの涙が溢れてくる。

あぁ、恋なんてしなければよかった。

瞼を閉じると失意の涙が頬を伝って、シルバーホワイトのドレスに落ちた。

(帰ろう……)

セレーナはのろのろと立ち上がる。扉を押し開けると、今夜は何の抵抗もなく開いた。

『出て行け』

屋敷からもそういわれているようで、セレーナはゆっくりと歩き出した。この屋敷に来て闇が怖くないと思ったのは初めてだ。

静かな廊下をひとりそぞろ歩いていると、ちょうど、影になった部分で黒光るものを見た。それが男性物の靴のつま先だと気づいたセレーナは、一縷の望みに鼓動が跳ねた。

（ライアンッ？）

帰ってきてくれたのかと、一気に心が歓喜に満ち溢れる。顔を上げて愛おしい美貌に呼びかけようとした。

「こんばんは、お嬢さん」

「――ッ!!」

ライアンとは程遠い声音に、全身が硬直する。闇の中から現れたパトリック侯爵の姿に、セレーナはヒッと喉を鳴らし、驚愕に両手で口を覆った。

どうして、侯爵がここにいるの。

ニタリと口端で笑う様に悪寒が走る。

「おや、君は挨拶もできんのかね？」

油で固めた口髭を撫でながら、侯爵は言った。

セレーナは全身を警戒させ、侯爵を強く見据えた。

「……夫は不在ですわ」

「知っている、だから来た。お前と話をつけようと思ってな。その様子だと、今宵の公爵家への晩餐にもフィオナを同伴させたようだな。いやはや、ようやく彼もその気になってくれたか！」

正装をしたままのセレーナを一瞥し、侯爵は揚々とした声で笑った。

「分かっているだろう、お前は誰にも望まれておらん。町娘がいつまで伯爵夫人気取りでいるつもりだ？　もう十分贅沢を堪能しただろう。そろそろその座を娘に返してもらおうか」

やはりな展開にセレーナはキュッと唇を噛み締めた。

傲慢な口調に、この姿こそ侯爵の真の姿なのだと感じた。

自分はあの場の雰囲気に流され、なんて馬鹿な決断をしてしまったのだろう。彼が娘想いの優しい父であるはずがないではないか。

もしあの時……いや、後悔してもすべては遅い。セレーナは愛を失くし、未来にも嫌われたのだ。

何も言い返せないでいると、侯爵がさらに笑みを深くする。下卑た表情はまるで蛙のようだと思った。

侯爵はセレーナを舐めるように見つめ、「さらに美しくなったな」と言った。

「男の精を吸って女になったか。どうだ、贅沢が欲しいのなら私の愛人になれ。その体で私を満足させられれば目をかけてやらんこともないぞ」

「な……っ」

侯爵の視線が胸元へ集中していることに気がつく。今夜は少しでも女性らしくあろうと乳房を寄せたことが仇《あだ》となったのだ。

「お、お断りします！　あなたはアルフォード家の財が手に入ればそれで満足なはずです！」

「なぁに、離縁された女ひとり囲うくらいの甲斐性はある。お前も男を知った体だ、すぐに男が欲しくて疼くはずだ。東洋の血が混じった女がどれほどの名器を持っているか、私にも味わわせてくれ」

「や……っ、止めてください！」

伸ばされた腕を咄嗟に振り払った。途端、侯爵の形相が変貌した。

「きゃっ！」

とびかかってきた侯爵に必死に抵抗する。

「誰かっ！　セバスッ、誰か来て――っ!!」

「呼んだって無駄だ、あの小癪《こしゃく》な執事は縛りつけて適当な部屋に転がしてある」

「そんなっ、ライアン…ッ！　ライアン、助けて!!」

「はっ、そんなにあいつが恋しいか！　お前を殺し損ねた男だぞ！」

「放して！　触らないでっ!!」

「ぐあぁっ！」

摑まれた腕に力いっぱい歯を立てて、侯爵が怯んだ隙に駆け出した。

「待て!!」

闇雲に廊下を走り階段を上る。侯爵は老体の割に俊足で、何度も捕まりそうになった。摑まれたドレスが破れ、それに足をとられながらも、セレーナは死に物狂いで走った。捕まれば犯される。ギラギラとした碧眼がおどろおどろしく、異形のようだ。

玄関まで逃げきれそうにないと悟ったセレーナは咄嗟に近くの部屋に飛び込んだ。部屋を突っ切り、バルコニーに出る。だが、その先は一面の湖。

「ど…どうする、逃げ場はもうないぞっ」

追いかけて来た声に振り返り、破れた胸元を押さえながら身構えると、ぜえぜえと荒い息の侯爵ががなった。

「お前、水が怖いのだったな。井戸に落ちた恐怖が体に染みついているのだろう、ライアンに突き落とされた時の恐怖がな!! 滑稽じゃないか、お前はそうとは知らずあの男に突かれよがっていたのだからな！ ライアンはお前に教えたか？ 過去を詫びたか？ あれと私と何が違う、所詮はお前を慰み者にしていただけ。お前などその程度の女だ！」

セレーナは、機関銃のごとく次々と撃ちつけられる言葉たちにグッと唇を噛み締めた。ライアンがセレーナを突き落とした。断言され、心が抉られた。

その言葉をどうしてライアン以外の口から聞かされなければいけないの。

一言、ごめんと謝ってくれさえすれば……っ。

侯爵は喜色を浮かべ、そんなセレーナを嘲笑った。ニタリと口端を上げた髭面は醜悪だった。

男の性を剝き出した侯爵は一歩、また一歩とセレーナに近づく。

「や……めて、こない……で」

「まだ思い出せぬか。それほど思い出すのが怖いのか！」

「違う……、恐ろしいのはあなたよ！　人の過去を掘り起こして、揺さぶって。そんなにお金が欲しいの!?」

渾身の矜持に侯爵がククッと哄笑する。

「当然だ、一介の伯爵家のくせに領地に恵まれたというだけでやたら財ばかり肥やしやがって。あの若造もその父親も侯爵の権威をまるで恐れん。私を虫けらのように邪険にあしらいおって！　だから仕組んでやったまでのことだ。孕んだフィオナを若造の子だと偽らせ、送り込んでやったのよ。あいつらが嫌う権威を思い知らせてやるためにな！　所詮、格下のあいつらは侯爵には逆らえんのだ」

「な――んですって。それじゃ……、お腹の子の父親は」

震える声音に、侯爵の悪魔のような形相で嘲笑った。

「私だ」

なんてこと、侯爵は実の娘にまで手を出していたのか。

「さ……い、てい！」

「フィオナは私の娘ではない。三番目の妻の連れ子だ」

「それでも、あなたの娘よ！」

「違うな、あれもただの女だった。薬を使えばどんな女もいちころよ。泣きながら私の逸物にむしゃぶりついてきたわ！　――お前もそうだろう。あの若造のものを咥え込みしゃぶったのだろうが」

下卑た言葉に顔を歪めると、侯爵の目が一点を見ていることに気づいた。ハッと自身を見下ろせば、隠したはずの胸元が見えていた。侯爵は舌なめずりをしながら、さらに距離を縮めてくる。

「私に屈しろ」

「嫌っ」

「足掻こうとライアンは戻ってこないぞ。お前は贅沢が欲しいだけだろうっ、私がそれを叶えてやると言っているんだ」

「違うっ、私は！　私はライアンを愛して……っ」

愛してる。そう言いたいけれど、言葉が続かなかった。

セレーナが欲していたのは贅沢などではない。いつだってライアンの心を求めていた。もう一度、カントゥルで見ていた笑顔で「愛している」と言って欲しかった。それだけだ。

「はっ！　どうした。愛してると言えぬのか。愛など、快楽に溺れてしまえば気の迷いだと思うわ！」

「やぁっ!!」

バルコニーの欄干に押しつけられ、ドレスに手をかけられた。腕をバタつかせて抗えば容赦なく頬を打たれた。一瞬、脳が揺れて目の前が真っ白になる。侯爵の手が首を摑み剝き出しになった乳房に生ぬるい舌が這った。

「やぁ――っ!!」

「おとなしくしろ!!」

セレーナが足で侯爵を蹴りつけようとした時だ。

「ぐあぁぁっ!!」

イヴァンの咆哮に重なり、侯爵が絶叫した。弾みでグラリ…と体が傾いだ。

「……えっ」

瞬く間に欄干を越える体が、重力に引かれ湖へと引き寄せられる。あっと息を呑む瞬間すら永遠に感じた直後、セレーナの体はけたたましい水しぶきを上げて湖に落ちた。間際、ライアンの声を聞いた気がした。

☆★☆

公爵家の広間では大勢の来賓が今宵の宴を愉しんでいた。

煌びやかなシャンデリアが輝き、豪奢な様相で飾られた広間には、流行りのドレスを身に纏った貴婦人たちが談笑を愉しんでいる。

「ごきげんよう、ライアン様」

「今宵もなんて美しいのかしら」

溜息交じりの色めきたった貴婦人たちの間を抜け、ライアンは大叔母に当たる公爵夫人のもとへ辿り着いた。

「ご無沙汰しております、大叔母様」

祖母の妹に当たる大叔母はゆったりと椅子に腰かけ、手を差し出した。ライアンはそこに親愛の口づけを落とす。

「よく来てくれたわ」

言って、微笑する大叔母は静かに息を吐いた。

祖母の面影が残る造形は祖母への郷愁と、言いようのない後ろめたさをライアンに与えた。

「浮かない顔ね、ライアン」

祖母によく似た声音で問われれば、まるでそこに祖母がいるような錯覚を覚える。

「大叔母様にお会いするこの日を楽しみにしすぎたせいでしょうか。お恥ずかしいことですが今日は少し寝不足なのです」

「あらあら、嘘はいけませんよ。……その顔は、恋ね」

　会って数秒で言い当てられて、ライアンは目を瞠った。祖母も妙に勘が良いところがあったが、もしかして彼女もそうなのだろうか。大叔母はくすりと無邪気な顔で笑うと「ほうら、当たったわ」と少女のようにはしゃいだ。

「今宵はあなたの可愛い奥方と会えると思って楽しみにしていたのに。箱入りという噂は本当のようね。いつになったら私に紹介していただけるの？」

「……申しわけございません。妻はしばらく体調を崩しておりますゆえ」

「あら、それはお気の毒ね……。それであなたは妻の看病もせず、フィオナを連れて遊び歩いているのね」

「決して遊び歩いているわけでは……」

「そうね、〝ただ〟遊び歩いているわけではないのでしたね。あなたにお願いされていたフィオナの妊娠について調べておきましたよ」

「ありがとうございます」

「まったく、日頃の行いがこのような結果を招いたのだと十分反省していますか？　そんなことでは可愛い奥方に逃げられてしまいますよ」

　大叔母の苦言に苦笑すると、呆れ顔で報告書を渡された。一読し、その凄惨な現実にライアンは目を眇めた。

「あの子は、侯爵の性的虐待から心を守るために、心を壊してしまったのね。自分を抱いているのは養父ではなく、恋い焦がれたあなただと思っていたそうよ。フィオナ付きのメイドはよく彼女の妄想を聞かされていたそうね。そうそう、あとこれも一緒に渡しておくわ。いったい、この事件を調べてどうするつもりなの？」

手渡されたもう一通の報告書には死亡した娼婦についての検死結果と、彼女の妹の証言や新たな検分結果が記されていた。どれだけ探っても、こつ然と消えてしまった娼婦射殺事件の記録書。侯爵を地獄へ落とすための証拠だ。どうやって大叔母が手に入れたかは分からないが、彼女が持つ独自の人脈が成せる技なのだろう。

これを見る限り、侯爵が犯人であることは間違いない。

「ありがとうございます」

証拠は十分に揃った。これで侯爵を地獄へ送れる。

意気揚々と立ち上がると、「待ちなさい」と柔らかい声に止められた。

「何をするかは聞きませんが、その前にセレーナとのわだかまりは解消しておきなさい」

「大叔母様」

返答に窮すると、聖母の顔で言った。

「人って不思議な生き物で、年をとるほど感情を見せることに臆病になるの。おかしいわよね、子供たちには〝ごめんなさい〟と〝ありがとう〟の大切さを教えているのに、その大人たちが言えないの」

いらっしゃい、と大叔母が手を広げ、ライアンを呼んだ。誘われるまま、ライアンは大叔母の前に跪き、その膝に額をつける。

「私からすればあなたたちはまだ歩き始めたばかりの子供と同じよ。大丈夫、何度でもやり直せる機会は巡ってくる。怖くても怯まないでちょうだい。そして、忘れないで。想いは口にしなければ届かないものよ」

ライアンの髪を撫でながら諭す口調は、まるで祖母と話しているようだった。

まだ祖母が生きていた頃、苦悩するライアンをこうやって慰めてくれたことを思い出す。自分を地獄から救ってくれたのは、祖母の愛だ。そうして今もまた、祖母とよく似た女性から慰めと励ましを受けている。こんな自分に頑張れと言ってくれていた。

「あなたは今、とても深く悩み、迷っている。けれど、何も話してもらえないセレーナはもっと不安になっているでしょうね。愛の言葉だけでは伝わらないことはたくさんあるのよ」

顔を上げると、慈愛に満ちた微笑があった。皺がれた手で頬を撫でられる。

「戻りなさい、そうして今度こそ私にあなたの可愛い奥方を見せてちょうだい」

「はい……、必ず」

力強く頷き、ライアンは大叔母に一礼し踵を返した。

「ライアン！」

玄関へ向かう途中、後ろからレイモンドが追いかけて来た。

「良かった！　いや、良くない。良くないよ！」

「急いでいるんだ、ひとり芝居ならよそでやって」

「違うって！　パトリック侯爵の姿が見えない。あのごうつくばりが公爵家の晩餐に顔を出さないなんて、ありえないよ！　絶対何か企んでるに決まってる……て、ライアン！」

レイモンドが叫んだ時には、すでにライアンは扉の向こうに消えていた。

馬車に飛び乗り、屋敷への帰路を急ぐ。

侯爵が来ていない。それが意味することがひとつきりに思えて仕方がなかった。

自分はどこまで愚かなのだ。何のために鳥籠の中へ閉じ込めた。

フィオナを連夜、外へ連れ出したのも、同じ屋敷に置いておくのは危険だと判断したからだ。

フィオナの妄想は危うい。ともすれば狂気へと走ってしまう危険性があった。だからこそ、彼女の目を自分に向けさせ、これ以上セレーナを彼女の視界に入れさせないようにしてきたのだ。

『私を選んで』

彼女から求められたあの瞬間、天にも昇るほどの歓喜に満たされた。すべてを忘れてセレーナだけを感じていたい、本気でそう思った。

しかし、それは一時の甘美だ。周りを騒がしている者たちを排除しない限り、自分たちに安寧《あんねい》の日々は来ない。

断腸の思いで彼女を振り払ってきたが、脳内を占めているのはセレーナの傷ついた顔だけだ。

（あぁ、セレーナ！　どうか僕を許して）

大叔母の言う通り、詫びる機会はいくらでもあった。それを見過ごしてきたのは、臆病風に吹かれた自分の弱さだ。

過去の罪を暴かれるのを恐れて、侯爵を陥れるためだからと自分を納得させ、フィオナが危険だからと口実をつけて夜会へ逃げた。

ライアンは一度もセレーナと向き合おうとしなかった。彼女が何に憂い、沈んでいるのかを知るのが怖かったのだ。

だが、セレーナを失う以上に怖いことなどあるわけがない。

ライアンの恐怖が生み出した悪夢を現実にしてはいけない。

馬車はライアンの思いを受けて、屋敷までの道のりを滑走する。長いアプローチを走り、いよいよ視界が屋敷を捉えた。

（間に合え！）

蒼白い月に重々しい屋敷がひっそりと鎮座している。水面に映る月が今夜はやけに明るい。

馬車の滑走音に混じり、犬の威嚇《いかく》する声が聞こえた。

（あ…これはイヴァンか？）

狩猟以外滅多に吠えないイヴァンの声にライアンは窓の外に目を凝らした。

（な……っ!!）

飛び込んできたのは、北側の二階、バルコニーでもみ合っている人影だった。月夜の中で鮮やかな輝きで存在を示すシルバーホワイトのドレス。イヴァンの鳴き声もそこからしていた。

セレーナともみ合っているのはパトリック侯爵だ。

（あの爺！）

だがここからでは二人のやり取りまでは聞こえない。バルコニーの欄干に背中を押しつけるセレーナと、彼女ににじり寄る侯爵。そして、侯爵がセレーナに飛びついた。

「セレーナ!!」

ライアンは馬車の扉を開け、叫んだ。その直後だった。

「止めろっ!!」

セレーナの体が欄干を乗り越え、湖に落ちた。

月の浮かぶ湖に吸い込まれるように沈んだセレーナに、ライアンは全身に戦慄が走った。考える余裕などなかった。ライアンは馬車から飛び降り、外套と上着を脱ぎ捨てると、夜の湖に飛び込んだ。

（セレーナ、どこだ！　セレーナ!!）

彼女が落ちた辺りまで泳ぎ、そこで何度も水に潜る。浮かんでこないことに心臓が凍る。焦燥で息が止まりそうだ。それでもセレーナを助けなければという思いだけで、水の中でセレーナを探した。

（嫌だ……っ、セレーナ!!）

脳裏に浮かぶのはあの日のことばかり。井戸に落ちたセレーナを助けることもできず、ただ見下ろすしかなかった。

恐怖に強張り、見開かれたままの灰色の目がライアンを見ていた。自分は、沈んでいく少女に腕を伸ばすことすらできなかった。

ただでさえ視界の悪い水の中、月明かりが明るくても夜の湖で人ひとり捜すことは至難の業だ。だが、諦めるわけにはいかない。今度こそ自分の手でセレーナを助ける。

（――いた！）

水底にキラリと輝く光を見つけた。ライアンは一度浮上し酸素で肺を満たすと、再び潜水しセレーナを引き上げた。水を吸ったドレスの抵抗に苦戦しながらも、岸まで泳ぎつくと、御者がセバスを連れて待っていた。

「ライアン様ッ！」

「セ、セレーナを！」

引き上げたセレーナを執事がタオルケットで包む。黒髪が張り付いた面は人形のごとく静謐《せいひつ》を漂わせていた。

（あぁ、なんてことだ！）

長年見続けてきたものと、こんな形で相見《あいまみ》えるなんて。

（頼む、戻ってきてくれ!!）

ライアンは執事の手を借りて、セレーナの蘇生にかかった。

☆★☆

セレーナは長い回廊を歩いていた。とても暗い場所の中を人がひとり歩けるくらいの道幅で延々と続いているそれ。足元を照らす明かりがなくても、セレーナにはその道が見えていた。

一歩踏み外せば奈落の底まで続いている闇、だがセレーナはこの道から決して落ちないことを知っていた。

回廊は上へ上へと伸びている。星ほど遠く高い場所に、ひとつだけ輝く光があった。

（あそこへ逝《い》かなくちゃ）

理由を考える必要はなかった。終点があそこにあるから進む。セレーナに残された選択肢はそのひとつきりだった。

「……ナ」

不意に闇から声がした。かろうじて耳に届くほど小さな声がうんと遠くから聞こえた。

セレーナは呼ばれていることを知りながらも、歩みを止めることも振り返ることもしなかった。

「……レーナ、セレーナ」

今度はさきほどよりもう少し近くから声が聞こえた。

(誰だろう)

ようやくセレーナの注意が声に向いた。耳を澄ませれば、声は絶え間なくセレーナを呼び続けている。その呼びかけは辟易するほど長い間続いた。いい加減うんざりすると、セレーナは仕方なく足を止める。後ろを振り返って見るが、当然そこにあるのは闇だけだった。

(誰もいないじゃない)

早くあの光のところへ逝きたいの。

行ったことのない場所なのに、セレーナはそこで両親が待っていてくれることを感じていた。

歩いていくごとに抱えていた嫌な思い出が闇へ零れていくようだ。背中に羽が生えたみたいに足が軽い。あの光の中には嫌なことはひとつもない。すべて浄化され、新しい自分になれるのだ。

足は光を求めて動く。——なのに、そんなセレーナを引き留める蔦があった。

あの声だ。声が茨《いばら》の蔦となってするすると闇から伸びてセレーナの足に絡みつく。

(嫌……、止めて。捕らえないでっ、もう辛い思いはしたくないの!)

懸命に蔦をはぎ取ろうともがくが、蔦はそれ以上の速さでセレーナを絡め取る。

「戻ってこい、セレーナ!」

叫ぶ蔦にセレーナは訝しんだ。どこへ戻れというの。セレーナが逝く先はもう見えている。あの光の中こそ、セレーナが逝くべき場所だ。

なのに、声は悲痛を滲ませ叫び続けている。

「セレーナ、セレーナ‼　頼む、戻ってきてくれ‼」

(この声……私、知っているわ)

誰だっただろう、とても大切だった気がする。抵抗の手を止めると、蔦がセレーナの手にも絡まってきた。

「セレーナ、セレーナ！」

じわり、じわりと蔦から感じる温もりがある。茨の蔦とばかり思っていたものは、絡まっても少しも痛くなかった。むしろ、労わるようにセレーナの体を撫でる。この感触をセレーナは知っていた。

(ラ……イ、アン)

過った残像に呼びかけた次の瞬間。

「──ッ！」

ハッと目が覚めた。眼前には緊迫した顔のライアンがいる。目が合った途端、肺が膨らんで、激しく噎《む》せた。

「セレーナ、大丈夫っ⁉」

セレーナの体を横にして、ライアンが背中をさすった。

ぜいぜいと背中で息をし、浅い呼吸を繰り返す。焦りすぎた肺呼吸についてゆけず、何度も噎せた。

「セレーナ、セレーナ……ッ」

そんなセレーナをライアンが必死の形相で呼びかけている。

「ラ……イア、ン」

ようやくそれだけ紡ぐと、「よかった……っ」ライアンが囁き、強く抱きしめられた。耳傍で自分とは違う鼓動が聞こえる。それはとても速い速度で脈打っていた。

(私、生きて……る)

ライアンの温もりに包まれ、彼の刻む鼓動を聞いて、ようやく生きている実感を覚えた。が、この温もりはもう自分を労わってくれるものではない。

そう思った途端、全霊がライアンを拒絶した。

おぞましいほどの悪寒が背中を走る。突如、目の前が真っ暗になった。

「い……やぁぁ――――っ!!」

絶叫し、ライアンを押しやった。身を捩り、腕の中から逃れようと暴れる。

「セレーナ!?」

「やだぁぁ――っ!! 怖いぃ……っ」

思い出した、あれは十歳の時だ。

通いのメイドだった母に連れられ、カントゥルのアルフォード家の別邸へ来ていた。いつもは宿屋の女将のところへ預けられるのだが、その日はエイダが熱を出したので、特別に母と一緒に屋敷へやってきたのだ。セレーナは庭先の白薔薇の匂いを楽しんだり、こっそり持ってきた涙型の宝石を眺めて遊んでいた。そこで、ライアンに出会い、暗い井戸の中へ落ちた。

何度も水が顔にかかり、そのたびにたくさんの水を飲んだ。井戸を覗き込む少年に向かって、声の限りで助けを求めた。

（救いの手を差し伸べて欲しかったのに！）

だが、セレーナの願いは叶えられることはなかった。

「セレーナ!!」

ヒクリ…と息を詰まらせた直後、強く肩を揺さぶられた。怒声が今度こそセレーナの意識を現実へ引き戻す。

「……あ」

自分を見下ろす少年の影が今、泣きそうな顔をしているライアンとぴたりと重なった。

――あぁ、ライアンだった。

「な……んで」

途切れ途切れの問いかけに、ライアンがくしゃりと顔を歪ませた。濡れた黒髪から滴る水滴が頬を伝い、泣いているみたいだ。

「……めん、ね」

呟き、ライアンがセレーナを横抱きに抱き上げ、足早に屋敷へ入った。執事たちに指示を飛ばしながらも、セレーナを抱く腕も歩みも力強い。ガタガタと腕の中で震えるセレーナに痛ましげな視線を向けると、寝室へ入った。

セレーナをソファに下ろし、その前に跪く。途中、執事に渡されたタオルでセレーナの髪を拭く。

「……で」

くぐもった声に、ライアンの手が止まった。

「触らないで」

「セレーナ」

当惑の声を聞かされても、心は微塵も震えなかった。

（もう、うんざり）

セレーナは力なく首を振り、失望を吐き出した。

「離婚してください」

惨めでもいい、愛しているから傍にいたかった。賭けの延長で良かったのだ。心をすり減らしてでも、彼に必要とされていたかった。心から愛してると言われたかった。だが、もう無理だ。

ライアンに感じていたはずの愛も湖の中に落としてしまった。心を見せてくれない相手の傍にいることは孤独と苦痛しか生まない。ライアンはセレーナを愛していない。ならば――もう終わりにしよう。

セレーナはのろのろと顔を上げ、泣き笑いの顔でライアンを見た。

「別れて」

この一言を告げるために、いくつ心に傷をつけただろう。

ライアンはみるみる目を見開かせ、美貌を絶望で覆った。

「嫌……だ、できない」

「二度と私に近づかないで」

「セレーナ、違うんだ。僕の話を聞いて」

この期に及んでどんな話があるというの。慌てる姿は滑稽だった。

「愛してなどいないのでしょう。賭けでこんな田舎の町娘なんかと結婚させて申し訳なかったわね。でも、あなたからあんな求婚されたら誰だって信じちゃうわ。――ねぇ、私にどんな恨みがあるの。いったい、私が何をしたというの？　井戸に突き落とされておきながらあなたに夢中になっていた私を見るのは楽しかった？　社交界でのいい笑い者になれたかしら」

「違うっ、賭けで結婚って、なに!?　そんなわけないだろ。それにっ、あれは事故だったんだ!!」

ライアンが見たことのない狼狽ぶりで、否定する。

「僕たちはカントゥルの別邸で出会った。黒髪のあなたはとても可愛くて、僕はすぐに好きになった。けれど、あの時の僕は本当に最低な人間だったから、愛情を傲慢でしか表せなかったんだ。あなたが持っていた宝石を取り上げ、イヴァンにあなたを追いかけるようけしかけた。そうしたらあなたに嫌いと言われて、カッとなって宝石を放り投げた。井戸の蓋の上に落ちたそれを取ろうとしたあなたは、その時井戸の中へ……。信じて、あなたを井戸へ突き落とそうなんて思ってなかった！」

過去を紡ぐ表情は必死だった。訴える漆黒の双眸が一心にセレーナを見つめている。

信じて欲しい。

そう訴えていた。

「僕はしばらく井戸の上から呆然とあなたを見下ろしてた。怖くてどうしていいか分からなかったんだ。……そのあと、騒ぎを聞きつけた使用人たちの手であなたは助けられた。僕は逃げるようにカムエウスへ帰ったよ。人の命を奪いかけた現実が怖かったんだ。それから十年、僕は一度もセレーナを忘れたことはない」

訥々と吐露されていく、過去とライアンの心。彼の激情を感じるのはいつ以来だっただろう。黒髪から落ちる滴が頬を伝い、彼の流す涙に見えた。

セレーナは摩耗しきった心で、そんな彼を見ていた。全身を焼く憤怒があるはずなのに、心は凪いでいた。

「どうしてもあなたにひと目会いたくて、僕は祖母の死を告げる名目でカーティスを訪ねた。それが祖母が僕に託した願いだったから。ヴェネリースの涙を持って、彼に会いに行ったんだ」

「どういうこと」

なぜライアンが彼の祖母の願いを叶えるために、祖父のもとへ来たのか。

「カーティスが愛した女性は、僕の祖母だ。祖母は結ばれない恋の代わりに、ヴェネリースの涙の片方をカーティスに渡した。覚えていない？　井戸へ落とした宝物はヴェネリースの涙の模造品だったんだよ」

泣きそうな顔ではにかむライアンから、セレーナはツイ…と顔をそむけた。

「セレーナ、信じて。僕は確かに過去、女性を賭けの対象にして遊んでいた。それは認める。けれどあなたを愛している気持ちは本当なんだ。賭けの対象になどするわけがない」

彼の言葉は真実を語っているのか。極度の疲労はその判断すらも鈍らせた。今更の弁明に疲れ切った心と体は何の感銘も受けなかった。

セレーナは、ふらりと立ち上がった。が、疲弊した体が急な動作に眩暈を起こした。傾いだ体をライアンが慌てて支える。

「触らないでって言ったでしょ」

その手を振り払い、ゆらりゆらりと扉へ向かって歩いた。

「どこへ行くの」

「――出て行く。こんなところ、もうたくさん」

「駄目だ、行かせないっ」

ライアンが先回りして扉を背中で塞いだ。

「そんな体じゃ無理だ」

「どうでもいいわ」

「よくない、セレーナ。お願いだから聞きわけて」

「あなたの言葉はもう何も信じない」

「セレーナ！」

ライアンが体をくの字に曲げて、声を荒げた。震えた空気が肌をピリッと刺した。

「だから……何度も信じてって言ったじゃないか。あなたを愛してる。それが僕のすべてだ」

「——白々しい、まだそんなことを言うの。私を拒絶したじゃない」

「他にどうしろって言うんだ！　フィオナの注意をあなたに向けさせたくない。その一心だったんだ。彼女の腹の子の父親は僕じゃない、でもフィオナは僕の子だと信じている。彼女の妄想は危険なんだ。君を傷つけるんだよ！」

必死な声に、セレーナは空笑いを吐き出した。

「——何も分からないわ。だってあなたは何も言ってくれなかったじゃない！」

「言えるわけないだろ！　愛してるんだ、嫌われたくないんだよ!!」

叫び、ずるずると床に蹲《うずくま》った。

「僕にとってこの結婚は本当に奇跡だったんだ。過去を忘れているあなたへの後ろめたさから目をそむけても、僕はこの関係を壊したくなかった。でも、僕の声はどんどんあなたに届かなくなっていった。傷つけるだけだと分かっていても、あなたを見ると手を伸ばさずにはいられない。あなたの笑顔が見たいのに、ずっと泣かせてばかりだった。耳から離れないんだよ。小さなセレーナが井戸の中で助けを呼ぶ声が今もずっと木霊している。できることなら一生忘れていて欲しかった。だってそうすれば僕はあなたに愛されていられる。——僕は卑怯者なんだ」

項垂れ、頭を抱えた。

四肢を縮め懺悔するライアンは、可哀想なほど怯えていた。

「セレーナ、どうすれば許してくれる。あなたに愛されるために、僕は何をしたらいいの」

愛を乞うにはすべてが遅すぎたのだ。愛を取り戻す術を探していたのは、セレーナの方だ。

セレーナは冷めた目でライアンを見据えた。

「——私に聞かないで」

突き放し、項垂れるライアンを残し、セレーナは別の扉から部屋を出て行った。

☆
★
☆

セレーナの足音が遠ざかっても、ライアンは何もできずにいた。

膝に顔を埋めたままの体勢でいると、しばらくして玄関の扉が開閉する音が聞こえた。そこでようやくライアンがゆるゆると顔を上げた。

「……ないで」

行かないで、セレーナ。

『あなたの言葉はもう何も信じない』

後を追おうとした足が、その一言で凍りついた。セレーナはライアンを赦さなかった。すべてが遅すぎたのだ。

(う……そ、だ)

そんなはずはない。いつだってセレーナはライアンに優しかった。微笑みを湛え、ライアンを赦してくれていたのだ。

「……レーナ」

セレーナに会いたい。

ライアンは扉を開け、おぼつかない足取りで西奥の部屋へ向かった。ずぶぬれの体から滴る水滴が廊下に点々と続く。隠してあった鍵を取り出し、扉を開けて中へ入った。

「あぁ……っ」

薄闇の中、ライアンを待っていたのは大勢のセレーナたち。とりわけ豪奢な椅子に純白のドレス姿で鎮座している人形と出て行ったセレーナの姿が重なると、ライアンは悲嘆を零し、彼女の足元へ蹲った。

「行かないで、行かないで……、セレーナ」

漆黒の目からポロポロと涙を零し、懇願した。スカートの裾に縋り、何度も許しを乞う。

「ごめん、ごめんなさい。僕を赦して」

言えなかった言葉たちが、次々と口から零れていく。

打ち明けられなかった後悔と、失くしてしまった愛にライアンはむせび泣いた。

やがて、泣き顔のままゆるゆると顔を上げ、物言わぬセレーナを見つめた。

「愛してるんだ」

何百と紡いだ愛の言葉を、セレーナに捧げる。

「セレーナ……?」

だが、彼女は何も答えてはくれなかった。ただ薄闇を見つめながら、微笑を湛えている。

灰色の目にライアンは映っていない。

(なぜ……)

ライアンは愕然となって、周りを見渡した。

十年の歳月で作り出してきた大勢のセレーナたち、愛を注ぎ、何よりも愛でてきた。彼女たちはいつだってライアンに微笑みかけ、優しい言葉を返してくれていた。

だが、今は誰一人ライアンを見ていない。硝子の目で空を見つめているだけだった。

「あ……、あぁっ」

今更のように気づいた事実にライアンは大きく目を見開かせ、目の前に垂れる白い手を取った。血の通わない冷たい手に唇がわななく。

人形なのだ。ここにあるセレーナたちはライアンの想いだけで作り上げた偶像に他ならない。湛える微笑も答えていた声も、すべてライアンが勝手に妄想し、陶酔していただけのこと。

本物のセレーナには到底なりえない、ただの人形ではないか。

「いやだあぁぁ——っ!!」

嫌だ、セレーナ！　セレーナ!!

ライアンは頭をかきむしり、泣きわめいた。

大切にしたいとあれほど願っていたのに!!

「……ナ、セレーナ、セレーナ……っ」

泣き崩れ、床に額をこすりつけて泣いた。

どこへ行ったの、どうして離れていってしまったの。何をしたら許される、どうすれば僕を愛してくれる。

(何も分からない、僕はあなたがいないともう何もできないんだ——)

縋るように人形を見上げるけれど、模造品のセレーナは答えを寄越してはくれなかった。

ライアンはくしゃりと顔を歪ませ、再び泣き崩れた。

「あ、あぁぁ……」

　啜り泣く声が薄闇に染み入る。その様子を開いたドアの隙間から覗き見る碧色の目があった。

「ライアン様……？」

　こわごわ呼びかけた声の主は、フィオナだ。公爵家からこつ然と消えたライアンを追って急ぎアルフォード家へ戻ってきたのだ。

　フィオナは部屋を埋め尽くす灰色の目をした黒髪の人形たちに息を呑んだ。

「全部……セレーナ様？　ライアン様、いったいこれは」

「――そうだよ、みんなセレーナだ」

　怯え混じりの問いかけに、ライアンのくぐもった声が答えた。ゆるりと顔を上げ、黒髪の隙間から扉口に佇むフィオナを見据えた。

　その目に宿った得体の知れない光に、フィオナは肩を震わせた。ライアンはふと口端を上げる。

「愛らしいだろ、その子は僕と出会った時のセレーナ」

　体を起こし、棚に収まる一体の人形を指差した。

「彼女はまだ十歳で、母親の後ばかり追いかけていた。肩の上までの髪を揺らし、頬を赤く染めた姿がとても愛らしかったよ」

　立ち上がり、その隣に置かれた人形を手に取る。

「彼女はその一年後のセレーナ。まだそれほど外見に変化はないよね。でも子供の成長はとても早いから、ほんの少しだけ造形をシャープにしてみたんだ。そこの彼女は、それから三年後。髪も随分と伸びて、あどけなさも少し薄れてる。でもまだ少女だ」

「ライアン様、何をおっしゃって」

「君のすぐ隣にいる彼女は、ちょうど君と同じ年のセレーナだよ。もう立派なレディに成長している。体つきも女性らしくなって、……本当に僕好みの人だ」

「ライアン様！」

「でも、みんな違っていた。ここに僕のセレーナはいない」

祖母の影響で始めた人形集め。セレーナに似せて作らせたのは、ライアンの心に刺さった罪の楔がそうさせたのか、それとも消えない恋心がセレーナを欲したのか。

彼女に向けるべきものは贖罪で、恋慕を抱く資格はもうない。なのに、成長するセレーナを作れば作るほど、自分の中で邪な感情が膨らんでいた。いつの間にか、自分が作ったセレーナたちを性の対象として見ていた。

彼女に命の危機を味わわせておきながら、妄想の中で何度も彼女を穢《けが》した。

自分の魂は、とうに欲望によって爛れ腐っている。フィオナが見ているこの姿はそれを隠すために、せめて人らしく見えるように与えられた器にすぎない。

そんなものに何の価値がある。

ライアンは腐乱した魂でセレーナを愛した。全霊で彼女への想いに心血を注いだ。

自分の存在意義などセレーナを失った今、無と同じだ。

だったら、この場で壊してしまおう。

「もう偽物はいらないんだ」

ライアンが求めていたのは、いつだってセレーナの心。血の通った生きたセレーナだ。

それに気づけたのも、セレーナを抱き傍に置けたからこそのこと。

ここにいる人形たちでは、もうライアンの心は慰められない。自分はこんな偶像に何を求めていたのか。

ライアンは持っていた人形を床へ叩きつけた。ひび割れた顔を足で踏みつけ、粉砕する。

十歳、十一歳、十二歳。

手当たり次第床へ落とし、壊していった。

セレーナの模造品などに用はない。

ライアンの足元はみるみる象牙色の破片で埋め尽くされていく。壊れた顔から転がった眼球が点々と散らばり、仄暗い部屋の中で無機質な光を放っている。

フィオナはその光景を前に、ただ立ちすくんでいた。

鳴り止まない破壊音、何の感情も浮かんでいない美貌が機械的に人形を踏みつけていく様は、ひたすらフィオナの恐怖を煽った。

やがて月明かりがカーテン越しに仄暗かった部屋を照らした。

破壊音が止まると、ひやりとした静寂が部屋を包む。人形の残骸の中で立ちすくむライアンは黙って足元を見ていた。

「あ……」

微かに零れたフィオナの声に、ライアンはゆるりと顔を上げる。月明かりを受けてぎらつく獣の目に、フィオナは人ならざる気配を覚えた。

「ひぃ……っ!!」

喉を引き攣らせ慄くと、脱兎《だっと》のごとく逃げ出した。

ライアンはその様子を見ても、何も感じていなかった。

心は失ったものの大きさに打ちのめされて、壊れてしまった。

「セレーナ様には西の離宮へお移りいただきました。濡れたお体でしたので、侍女をひとりつけさせました」

淡々とした声に虚ろな目を遣れば、セバスが立っていた。

「諦めるのですか」

問いかけに、失笑が出た。

セレーナは愛想をつかして出て行ったのだ。失った愛を取り戻す術をライアンは知らない。

「――どうしようも、ないんだ」

セレーナを手放す以外、今の自分に何ができる。

「ライアン様の愛を私は見誤っていたのですね。セレーナ様への想いはその程度のものなのですか」

「違う、僕は彼女を愛している……」

力なく首を振って、またセレーナへの愛を紡いだ。

何をしても消えない恋慕だということは十年で思い知らされている。一度は手に入れた愛を今更諦められるはずがなかった。

「セバス、僕はどうしたらいい」

「何がセレーナ様の心を翳《かげ》らせたのか、もう一度よくお考えください。それが分からない限り、何度出会いを繰り返してもあなたは同じ過ちであの方を失ってしまいます」

セバスは謎解きのような言葉を残し、一礼して踵を返した。

第四章

「どうかもう一度だけライアン様にお情けをかけてください」

ライアンに三下り半を叩きつけた夜、屋敷を出て行こうとしたセレーナを引き留め、説得したのはセバスだった。

今、セレーナは西の離宮に身を寄せている。

留まったのは、ライアンが恋しいからではない。床と平行になるほど深く頭を下げたセバスに免じてだ。

誰も彼もがライアンの肩を持つ。そして「彼を分かって欲しい」とセレーナに乞うのだ。

(分かりたかったけれど、ライアンは心を見せてくれなかったじゃない)

セレーナが死にそうな目に遭わなければ、彼はきっと今も心の中を見せてはくれていなかっただろう。

それは、セレーナを信頼していないということと同義ではないの。

「セレーナ様、お茶のご用意ができました」

「ありがとう、セバス」

この離宮はライアンの祖母のものだったらしい。彼女は亡くなる際に、この離宮をセバスに託したのだという。

幸い、ここには生活に必要なものはすべて残っている。令嬢ではないセレーナなら、十分ひとりで暮らしていけるのだが、なぜかセバスがセレーナの世話を買って出てくれたのだ。

屋敷の執事が別居した妻の世話などしていて良いのだろうか。

セバスは「ライアン様の許可はいただいております」と静かに笑って言っていたが、本当だろうか。

だが、今のセレーナはそれを確かめようとは思わなかった。

ライアンとはあの日から一言も口をきいていないし、顔も見ていない。彼は毎日セレーナに会いに来ているけれど、セレーナがまったく取り合おうとしないのだ。

毎日来て、毎回門前払いを食らって帰る。それが今のライアンだった。

セレーナは離宮中の花瓶を埋め尽くさんばかりの勢いで増えていく白薔薇を見遣り、嘆息した。

「随分と増えたわね」

「はい、ライアン様が毎日届けてくださいます」

「いらないって言ったのに」

「そうでございますね」

花祭の日、花飾りのモチーフになった白薔薇が醸す甘い香りは今や離宮中を満たしている。

「お返事を書かれるおつもりはありませんか」

テーブルに積まれた手紙の山を一瞥《いちべつ》されて、セレーナは苦笑した。

あれも、ライアンが薔薇と一緒に毎日届けてくるのだ。

「書かないわ。だって、アレ、日記じゃない」

書いてある内容は十年前の出会いから今に至るまでのライアンの気持ちだった。カントゥルで出会ったセレーナがいかに愛らしかったか、井戸へ落としてしまったという自責の念に駆られた十年間と、その間で膨らみ続けたセレーナへの恋心。十年目にして祖父を訪ねた理由、再会が偶然ではなくライアンがセレーナを探していたという裏話。それからの熱情と後ろめたさ。カントゥルの屋敷で交わした情事への歓喜、結婚したことで知った幸福と、影のように付きまとう過去への懺悔。

切々とライアンの心が綴られたそれらは、まるで一冊の小説を読んでいるようだった。

白薔薇を花飾りに選んだのは、出会った時にセレーナがこの薔薇の香りを褒めたからだそうだ。そんな理由で温室を作り、大切に育てていたと書かれても、返す言葉が見つからない。

今までの秘密主義はどこへ行ったのと眉を顰めたくなるくらい、あけすけに心を綴った手紙たちは、もうすぐ二十通になろうとしていた。

セレーナはそれを持参して日参するライアンをひたすら静観していた。

彼は用事のある時以外は一日のほとんどを離宮の玄関で過ごしている。玄関先の支柱に背中を預けるように腰を下ろし、項垂れたり空を眺めたりしている。時折、セレーナを探して部屋の窓を見上げているのだが、彼はセレーナが使っている部屋すら知らされていない。そして、セレーナはライアンが来ている間は頑として窓の傍に立たなかった。

(もう拾ってなんか……あげないんだから)

拾ってください、と書かれたプレートを下げた犬をセレーナは今は頑として無視している。

これ以上、彼で傷つきたくない。

今のライアンの行動が彼の誠意なのだと気づいていても、素直に受け入れる気にはなれなかった。

「今日も来ているの」

「はい」

「ライアン、……どう？　元気」

「憔悴の影が濃くなったとお見受けします。侍従の話ではあまり食事もとられておられないとのことです」

「そうなの……」

相槌を打ち、セレーナは再び手紙の山に視線を遣った。

膨大な文字が綴られている手紙を読んでいくうちに、セレーナはあることに気づいた。口癖だった「信じて」の言葉が一カ所も出てこないのだ。

理由を聞いてみたいけれど、ライアンと話すにはまだ時間が必要だった。そのくせ、彼に会わない一日は信じられないくらい長く、辛いのだ。

ライアンの声が聞きたい、抱きしめて欲しい、笑った顔が見たい。

カントゥルで感じた想いと何も変わってないことに、セレーナはひとり自嘲する。

――まだ、ライアンを愛している。

悔しいけれど、それがセレーナの心だった。

ライアンの今日の訪問が終わったと聞き、セレーナは書いていた祖父宛の手紙の手を止めて、閉じていた窓を大きく開けた。初夏の香りがする空気を肺いっぱいに吸い込み、思いきり伸びをする。

澄み切った空が美しかった。

「たまには散歩でもしようかな」

呟き、ふと書き損じた手紙を見てあることを思いついた。手早く手紙を折り、紙飛行機を作る。

昔からなぜか上手に飛ばせない紙飛行機。それでも今日ほど澄んだ空ならうまく飛ばせる気がしたのだ。

「えい」

散歩がてら飛ばした飛行機をとりに行こう。

手首のスナップを利かせて、勢いよく空へ飛ばす。が、やはり紙飛行機は急降下し、庭先へと落ちた。

「やっぱりね」

予想通りの結果に笑った時だった。おもむろに建物の陰からライアンが現れた。ギョっとする視線の先で彼は庭に落ちた紙飛行機を取り上げる。

「み、見ちゃ駄目――っ！」

セレーナは身を乗り出さんばかりに大声で喚き、急いで部屋を飛び出した。玄関を飛び出し、紙飛行機の正体に固まっているライアンの手から背伸びをしてむしり取った。

顔を真っ赤にしながら、くちゃくちゃになった紙飛行機を背中に隠したセレーナを、ライアンが驚愕に顔を強張らせ見ていた。

「……よ、読んだ？」

視線を泳がせながら口ごもると、ライアンが無言で頷いた。

セレーナはますます赤くなる。なにしろ、飛ばした紙飛行機に綴っていたのは、ライアンへの想いなのだ。

渡すつもりのない手紙。だからこそ、正直な気持ちを綴った。まさか、ライアンにそれを読まれるなど想像もしていなかったのだ。

（どうしてここにいるの⁉）

恥ずかしさで俯いてしまったセレーナだったが、ライアンは何も言ってこなかった。なぜ何も言わないのか。今までのライアンなら「嬉しいよ、セレーナ」と言って抱きしめてくるはずなのに。

沈黙を訝しみ、そろりと顔を上げてみると、そのわけを知り唖然とした。

ライアンが泣いているのだ。目の縁にたくさんの涙が溜まっている。

「ラ……イアン？」

ライアンは持参した白薔薇と手紙をセレーナへ差し出した。今日はセレーナが好きなクッキーもついている。

今日の分はセバスが受け取ったはずではないの？

視線を彷徨わせれば、視界の端でセバスが一礼するのが見えた。つまり、この展開は彼によって仕組まれたのだ。

ライアンが帰った後でセレーナが窓を開けることを知っている彼は、ライアンに訪問を終えたふりをさせ、物陰に隠れさせたのだろう。そこへたまたまセレーナが紙飛行機を飛ばすというハプニングを起こしてしまった。

セレーナがライアンに歩み寄る一歩を踏み出せずにいることに、セバスは気づいていたのだ。だからこそ、彼はライアンとセレーナを引き合わせようと策を講じた。

セレーナは体の奥から息を吐き出し、覚悟を決めた。

差し出されたそれらに静かに首を振る。

ライアンの表情が失意に濡れるのを見遣り、クッキーだけを受け取った。

確か、こんな場面を前にも経験した。

「もう家中が薔薇の香りで大変なの。それに……そろそろあなたの言葉で聞きたいわ」

ライアンからの手紙は、セレーナが去った後、彼を襲った激しい後悔のところまできていた。きっと今日の手紙からは彼が訪問する理由でも書かれているのだろう。

だが、もういい。

ライアンの気持ちは痛いほど伝わった。今は彼の心が手に取るように分かる。

ライアンは揺れる双眸で必死に言葉を探し、唇をわななかせた。もどかしげに唇を動かし、今感じる想いを口にする。

「あい……たかった」

かすれた声音に、セレーナは苦笑した。

「そう」

「愛してる……」

久しぶりに聞いた愛の台詞に、なぜか笑いが零れた。

「もう〝信じて〟とは言わないのね」

「これ以上、あなたに嘘をつきたくない……んだ」

信じてと言わなければいけない想いは口にしない。そういうことなのだろう。

美貌の貴人は一見すれば涼やかで大人びた風貌を醸していているのに、中身は子供のままだ。誰かを傷つけ、傷つけられなければ何が大切なのかも分からない。

それでも聞かせてくれた想いは、セレーナの心を打った。

「セレーナ、触れても……いい？」

泣きそうな顔の懇願にセレーナは「まだよ」と視線を強めた。

「その前に、私に言うことがあるでしょう」

ライアンは赤くなった目の縁をぎゅっと閉じて、溜まった涙を零した。

「ごめんなさい、――ごめんなさい。セレーナ」

その愛らしい姿でくれた謝罪に、強張っていた心も解けた。セレーナは腕を伸ばし、そっとライアンの頭を抱き寄せ「私もごめんなさい」と告げた。

☆★☆

「や……ぁ」

部屋に用意された浴槽に浸かり体を弄られる快感に、セレーナは身を捩った。

薔薇の香油混じりの湯を何度も掬い、肩へ零される。

「寒くない？」

暖炉の前を陣取り湯浴みをしていて、寒いはずがない。それでなくても大人二人が入るには手狭な浴槽なのだ。なぜ、ライアンの入浴にセレーナが付き合わなければいけないのか。

素肌に感じるライアンのなめらかな肌に、心臓はドキドキとさわぎ通しだった。

「どうして昼間からお風呂に入るのよっ」

「これからセレーナを抱くのに、綺麗にしておかないと駄目だろ」

「な……っ!? だったらひとりで入ってよ！」

睨みつけると嬉しそうに頬擦りをされた。さっきの消沈した姿はどこへいったのか、すっかり元に戻ったライアンはせっせとセレーナの世話を焼いている。ただ、その度合いが過激すぎるからセレーナは今、猛烈に困っていた。

「ライアンッ、駄目」

「ここは誰にも見られないよ」

「そういう問題じゃなくて……、は、恥ずかしいのっ」

「何度も肌を合わせてきたじゃないか」

「そ、そういうことでもなくてっ。だって……」

ピチャン…とお湯の跳ねる音が妙に艶めかしいのだ。ひどくいけないことをしている気分にいたたまれなくなっているのに、心は興奮に躍っている。

仲直りの印にと一緒に入浴を迫られた。

逃げ腰のセレーナを引き寄せ、背中越しに抱きしめられる。腰湯のはずなのに二人で入ったものだから胸の下辺りまでお湯が上がってきている。それはそれで温かいけれど、それ以上に心も火照っている。

ライアンの足の間で身を小さくするセレーナを見て穏やかに笑うと、ライアンが膝を抱いていた手を掬い上げた。手で感触を確かめ、指先に口づける。ついでのようにセレーナの耳朶にも口づけた。

「愛してる」

囁いて、さらに深く腕の中へ囲った。

閉ざされたカーテンの中、暖炉の光だけが灯る私室の陰影と立ち込める薔薇の香りが、セレーナをひどく淫靡な気分にさせる。

鼓膜を震わす心地良い声音に、セレーナはうっすらを頬を染めた。

「ごめんね」

「もういいわ」

「誓うよ、二度とあなたの傍から離れない」

「それはもう知ってる」

ライアンは再会した時からずっとセレーナの後をついて回っていたじゃない。

今更な誓いを含み笑い、ゆっくりとライアンを振り仰いだ。湯に濡れた髪の隙間から煌めく、漆黒の双眸が惜しみない愛を瞬かせている。

手を頬に沿わすと、ライアンはうっとりと目を閉じた。その様が主人に甘える獣のようで、愛しいと思う。

「もう一度、言って」

セレーナがねだると、ライアンは薄く目を開いて微笑した。

「二度と離れない」

「そっちじゃなくて」

「愛してるよ、セレーナ」

囁き、上向いた顎に指を添えられた。ゆっくりと重なる唇にセレーナは目を閉じる。唇を少し開いて、彼の舌を招き入れた。

二の腕を伸ばし、ライアンの首へ絡める。ライアンもセレーナの体を抱きしめた。捻《ね》じれた体勢に少し眉を寄せるとライアンが腕を解き、向かい合う格好になるよう膝の上に座らせた。

「あ……」

湯船の中でもひと際高い熱を保っている塊が股に当たった。臀部から滑り降りた手が、するりと秘部へ辿り着く。

「ぬかるんでる」

蜜が溢れていることをからかわれて、セレーナは目じりを赤くしてライアンをねめつけた。

「あ……んっ」

潜った指が内壁を擦った。きゅっと締めつけると、ライアンが嬉しそうな顔をした。

「すごく熱い」

熱っぽい声で囁かれ、反り返った屹立を押しつけられた。

「あっ……、やだっ」

先端で指が入っている場所を脇から突く。同時に二本入れられてしまうのかとセレーナは灰色の目を震わせてライアンを見た。

ライアンはセレーナの不安を微笑で拭い去ると、指を引き抜く。そうして待ち構えていた欲望をゆっくりとセレーナの中へ納めていった。

「あぁ……」

ずぶずぶと体を割られる快感と、全身に満ちる充足感にほうっと吐息をつく。内に感じるライアンの存在が心地良かった。

セレーナはうっとりと目を開け、濡れた手でライアンの前髪を払った。深い闇色の瞳には色欲の焔とセレーナが映っている。惜しげもなく晒された美貌をゆっくりと撫でた。

体は咥え込んだ欲望をきゅうきゅうと締めつけ快感をねだっているが、今だけは肉欲よりも愛情が勝っている。

こんなにも愛しいと思える人はいない。

惨めでもずるい女に成り下がってでも、傍にいることを望んだ。カントゥルで過ごした時間を嘘で片づけることがどうしてもできなかった。

今だから確信できる。ライアンがくれた優しくて楽しい時間。あの数週間に詰まっていた彼の愛は、嘘なんかではない。

つくづく面倒な男だと思う。

こんな回りくどいことをしなくても、もっと賢いやり方はいくらでもあったはずだ。

(馬鹿ね……)

そのせいでセレーナを失うところだったのに。

セレーナから贈る口づけに、ライアンは幸福を美貌に浮かべた。背中に回った手がしっかりとセレーナを絡め取る。象牙色の乳房が二人の間でつぶれた。

「ん……ぁ」

ライアンがする仕草を真似て舌を絡めた。歯列をなぞり、上顎を舌先で擦る。自分が感じる場所はすべてなぞった。

ライアンも同じように感じてくれれば良い。

「あなたという人は……っ」

「ん、ん……ぁ、あ！」

不意に下から突き上げられ、嬌声が零れた。

「や、あぁっ。ライア、ン……っ！」

「無自覚に僕を煽らないで」

「煽ってなんか……ないっ。……ひぁっ！」

ごりっと子宮口を突かれ、セレーナが背中を弓のようにしならせた。

「ま……っ、待って！　お湯が……入ってきちゃうっ」

ライアンの生む律動で、さっきから湯船が荒れている。まるで嵐の海の中に放り投げられたように、波が何度もセレーナの体にぶつかっていた。

「ここ……じゃなくて、ベッドに」

切れ切れの声で懇願を訴えた唇は、ライアンの唇で塞がれた。腰を擦りつけられるように揺らされ中をかき混ぜられる。彼の形が分かるほど密着した内壁がさらなる快感を求めて、彼を締めつけた。

「ライアン……」

なかなか頷かないことに痺れを切らせて、哀願した。

水音ですら興奮を覚えてしまう自分が、どうにかなってしまったようで怖い。

何より、水に濡れたライアンの艶めかしさを直視していられない。こんなにもセクシャルな男に抱かれているのだと思うと、心臓が壊れてしまいそうだった。

欲望にまみれた美貌に背筋がぞくぞくする。

ぱしゃ、ぱしゃ…と波打つ音と中を抉られる二重の刺激にどうしようもなく感じていた。ツンと立った乳首が痛いくらい張り詰めている。それが突き上げられるたびにライアンの胸で擦れて、いちいち腰骨を疼かせるのだ。

水中にいるのに秘部のぬかるみを感じてしまうほど溢れた蜜が、セレーナがこの行為に悦んでいることを物語っている。

「ね……ねぇ、ライアン！」

これ以上、自分の痴態を自覚したくなくてむずがると、ようやく律動が止んだ。

「それじゃ、僕のお願いをきいて」

「お願い？」

ようやく羞恥から解放されることにほっと肩を撫でおろしたセレーナが瞬くと、ライアンが中指でセレーナの唇を撫でた。

「唇で愛して」

返事をする間もなく、浴室から抱き上げられ適当にタオルで拭かれた体はベッドに投げ出された。

「わ……っぷ」

体を抱き起こされ、背中から抱き込まれる。

まだ一度も爆ぜていない欲望は熱く硬いまま、セレーナの臀部へ押しつけられた。

「あ……っ」

熱い。想像以上の太さにこくり…と喉を鳴らした。

ひくひくと脈打つ屹立に触れているうちに、心が昂ってくるのを感じた。

（可愛い……）

セレーナは体を反転させ、ライアンと向き合う体勢になると、両手で欲望を包み扱いた。

鈴口からは透明な体液がにじみ出てきた。

それがとても美味しそうに思えてきて、唇を寄せて舐めてみた。刹那、ライアンが息を詰めた。

うっとりとした声音に気を良くしたセレーナは、もう一度舌を這わせた。ぺろぺろと先端ばかり舐めていると、「他のところも舐めて」と催促される。頷き、ライアンに誘導されるまま舌を使った。

「頬張れそう?」

「……うん」

たっぷりと唾液で濡れたそれを口腔へゆっくりと納めていく。しかし小柄なセレーナの小さな口では半分も納められなかった。

それでもライアンの恍惚の表情が無類の悦びを感じ、やる気を漲らせる。

「ん……、んん……っ」

口いっぱいに頬張り、唇と舌でライアンを愛していく。怖かったはずの行為だが、ライアンの気持ちよさそうな顔を見ていると「もっと」と欲が出てきた。

もっと彼を気持ちよくさせてあげたい。

「セレーナ、そんな目で僕を見ないで」

ライアンの感じている様子を上目遣いで眺めていると、苦しげに眉を寄せた美貌が苦笑し、そっと手でセレーナの瞼を覆った。

「どうして、あなただっていつも見てるわ」

「僕は良いんだよ、でもセレーナはだめ」

「そんなのずるい」

むくれると、ライアンは極上の微笑で「可愛い」と膨らんだ頬を撫でた。

「それなら一緒に気持ちよくなろう。セレーナ、こっちへおいで」

「あっ」

ずるりと口から欲望を抜かれると、ベッドに寝そべったライアンに手を引かれた。

「セレーナはあっち向いて」

言って、なんと彼の顔を後ろ向きに跨ぐ格好をとらされたのだ。眼前にはライアンの雄々しい欲望、だがそれはつまりセレーナの秘部も彼の目の前に晒されているということで……。

「ライアン！　や……っ、やめ……あぁっ！」

「セレーナも続けて」

ぐちゅ、と蜜にまみれた秘部にいきなり指を挿入され、セレーナは体を起こした。飛び退こうにも彼の二の腕がしっかりと下肢を抱えてしまっていて、身動きが取れない。かろうじて前後に動けるくらいだが、それもたかが知れている。

すべてをライアンの前にさらけ出していることに指の先まで羞恥に染まった。それなのに彼に弄られている部分だけは悦び、歓喜の涙を流している。

「は……あぁ、……ぁっ」

花芯を吸われ指で内壁を擦られる。強く擦られるとそれだけで腰が振れる。ずりあがって強すぎる快感をやり過ごしたいのに、彼の腕と唇がそれを許してくれない。

立て続けの責め苦にどうにもならなくなったセレーナは、手近にある彼の欲望を再び口に咥え込んだ。

「ん……、んん――っ!」

夢中でしゃぶることで快感をごまかすつもりだったのに、口腔と秘部への挿入に得体の知れない快感がセレーナを襲った。

指ではもの足りなくなった快感が、より太いものを求めてひくついている。肉厚の感触が肉襞を舐めては溢れた蜜を啜る。まだ足りないと腰をくねらせると、中を抉る指が二本になった。

「――ッ! あぁっ!!」

思わず屹立から口を離し、襲ってくる鮮烈な刺激に喘いだ。

「あ……あぁ、……あっ、……あ、んん」

頬をライアンの腰に押しつけ、彼の愛撫に溺れた。互いに高め合う行為がもたらす強烈な快感に、セレーナは成す術もなく翻弄される。

やがてセレーナの下から這い出たライアンが、唾液と先走りに濡れた欲望をぐっしょりと濡れた蜜口へあてがう。四つん這いで腰だけ高く掲げた格好をとらされたセレーナは、ゆっくりと埋まる質量に「あ……あぁ…」とか細い声を零した。が、直後。

「あぁ――っ!!」

いきなり始まった激しい律動に目を白黒させて慄いた。腰を両手で固定されることで、的確に性感帯を攻めてくるライアンにセレーナは身も蓋もなく乱れる。

腰骨に響く振動、中を擦られる刺激と、肉のぶつかり合う音にセレーナの嬌声が加わる。

「あ…っ、あ、あぁっ」

「愛してる……」

掠れた声音の告白にきゅうっと彼の欲望を締めつけてしまった。

私も愛している。

そう言いたいのに、今はその言葉を紡ぐことが難しい。彼の律動に呼吸をするだけで精一杯だ。

「セレーナ、セレーナ……」

ぐいっと二の腕を後ろへ引かれると、さらに突き上げは深くなった。

「や……、あぁ……っ」

がむしゃらに揺さぶられることが、気持ちいい。

「……ちゃう、……も……壊れちゃ、うっ」

快感の涙を零し、セレーナは強すぎる快楽に許しを乞うた。

これ以上されれば本当に壊れてしまう。

ちりちりと内腿にもどかしい熱が集まり、子宮が「その時」を待っている。

「ラ…イアンッ！」

涙目で肩越しにふり仰げば、余裕のない美貌が小さく頷いた。

「一緒にいこう」

「あっ、あぁぁ――っ!!」

肥大した欲望に吐精の予感を覚えた直後、燻っていた快感が突然走り出した。

駆け上がってきた絶頂感に秘部がものすごい強さで収縮する。それでもまだ律動は止まらなかった。

「だめ、だめっ、や…あぁぁ――っ！」

気持ちよすぎて、おかしくなってしまう。彼が触れている部分すべてが性感帯に塗り替えられていくみたいだ。

「あぁっ、あぁぁ……っ!!」

がくがくと体が震える。絶頂と共に初めて噴いた飛沫がシーツを濡らす。ライアンはその光景に恍惚を浮かべると、「……くっ」セレーナの子宮へ精を注ぎ込んだ。

欲望を引き抜かれくたり…とベッドに突っ伏すと、内股を生ぬるいものが這うのを感じた。ライアンの体液だ。こぷっと溢れる量の多さをただぼんやりと感じていた。

久しぶりの情事に疲労感を覚えている。このまま眠ってしまいたいと思っていると、

「あ……」

仰向けにされ、股を割られた。秘部にあてがわれた熱にびくりと肩を震わす。

「うそ……でしょ」

「もう一度、入れさせて」

「え……あぁっ!!」

返事をする間もなく押し入ってきた欲望に、セレーナは再び快楽の海へと放り出された。

☆★☆

気が済むまでセレーナを堪能していたら、窓の外は暗くなっていた。

最後は朦朧とした彼女を抱いていた。快感に理性を放棄したセレーナはたまらないほどいやらしく、扇情的で、ライアンは発情した雄のごとく何度も彼女を白濁で濡らした。

恍惚の眼差しでライアンの欲望を口淫する姿の、なんと艶めかしかったことか。

会えなかった時間を埋めるように互いの体を貪り合った濃密な時間は本当に一瞬だったようにも感じられる。

なんて甘美で幸福に満ちた時間だったのだろう。

今はぐっすりと眠る彼女の髪からは、ほんのりとまだ薔薇の香りがする。

(僕の愛おしい人)

何度も間違いを繰り返しながら、今度こそ手に入れた大切な存在。

(本当にひと目惚れだったんだ)

何度伝えてもセレーナは信じてくれないけれど、本当なのだから他に言いようがない。彼女の耳朶を飾るヴェネリースの涙を見て、ライアンは目を細める。

初めて会った時、どうして彼女がヴェネリースの涙を持っているのか不思議だった。本物ではなかったけれど、エメラルドの部分以外は精巧に模造《もぞう》されたものを見て、話すきっかけができたと思った。

『おい、なんでそれをお前が持ってるんだ。盗んだのか』

我ながら最低の声のかけ方だった。無理矢理取り上げれば、泣きべそをかきながら必死で追いかけてくる姿が可愛くて、もっと自分に夢中になればいいと思った。もっと泣いた顔を見ていたくてイヴァンをけしかけた。取り上げたはいいが、返すきっかけを見つけられず、「嫌い」と言われて放り投げた先が井戸蓋の上だったのだ。

それからはひたすら後悔に苛まれる日々だった。

カントゥルから戻ってきて以降、取りつかれたように勉強を始めたライアンを父は手放しで喜んだが、祖母はそれに不安を覚えた。ライアンが何かから逃げるために勉強へ走ったのだと察したそうだ。

実際、その通りだった。

セレーナを井戸へ落としてしまった、という現実から目をそむけたかった。いっそ、記憶から抹消したいとさえ思っていた。眼をつぶれば、浮かぶのは井戸の中で必死に助けを求めるセレーナの姿。思い出すたびに色濃くなるそれは、とてつもない恐怖だった。

眠れない毎日、見続ける悪夢。気を紛らわすために勉強に打ち込んだ。難解な計算式だろうと、カントゥルの悪夢を忘れさせてくれるなら、夢中で解いた。

胸を焼く猛烈な後悔は消えることはなかった。いつかはセレーナに謝罪しなければと思う一方で、その日が来ることを恐れていた。

ライアンは再びセレーナに拒絶されることが恐かったのだ。

そんな自分にきっかけをくれたのは、祖母だった。

数年後、ライアンが井戸から引き上げたヴェネリースの涙の模造品を見て、カーティスを連想したのだという。祖母はセレーナの身辺調査をさせ、彼女がカーティスの孫娘であると知ると、ライアンにだけ秘密の恋を打ち明けてくれた。

ヴェネリースの涙は本来、対の宝石だったのだ。祖母は公爵家からアルフォード家へ嫁ぐ最中の航海でカーティスに出会い、恋に落ちた。当時、自由恋愛が難しかった中、祖母は心の代わりにヴェネリースの涙の片方をカーティスへ託したのだ。

自分が死んだらヴェネリースの涙の片方も彼に渡して欲しい。

それが祖母の遺言だった。

すでに母は病気で他界していたため、祖母が亡くなればヴェネリースの涙の主はいなくなる。

今にして思えば、祖母は遺言という名目でライアンに再会のきっかけを作ってくれたのだろう。

セレーナを見つけても、声をかける勇気はなかった。遠目から今のセレーナを見るだけで精一杯、そう思っていた。

しかし、ネックレスを壊され打ちひしがれる姿に、かつて見たセレーナの泣き顔が重なると、あとは勝手に体が動いていた。

灰色の大きな目から大粒の涙が零れ出ている。赤い唇も、柔らかそうな頬も、愛らしい造形はそのままで仄かに滲み出る色香に悩殺された。泣き顔を美しいと思ったのは、あとにも先にもあれきりだ。

あれほど彼女に会うことが恐ろしかったのに、怒涛の勢いで噴き出したのはセレーナへの恋慕。

それからは夢中だった。

いつ彼女が過去を思い出すかと怯える一方で、セレーナと作る楽しい時間に夢中だった。誰に笑われようともかまわなかった。とにかくセレーナに会いたい一心で、彼女のもとへ通った。

歯止めを失った恋慕は、自分でも止めようがなかった。

セレーナはカントゥルの別邸を見ても、なんら既視感を抱いていなかった。

それはライアンにとっても好都合で、胸に宿る後悔からようやく解放されると安堵した瞬間だった。

だから、つい手を出してしまった。

思わず抱き寄せたセレーナの温もりに、ライアンの理性は呆気なく飛んだ。夢中で彼女の蜜を味わい、秘めたる場所の柔らかさに歓喜した。

だが、喜びは常に苦しみと背中合わせだ。

セレーナに避けられ続けた地獄の日々。なぜ手を出してしまったと激しく叱責する自分と、嫌われてしまったかもしれないと怯える自分。それを横目にセレーナの温もりにひたすら欲情し耽る自分が延々とせめぎ合っていた。

カムエウスから侯爵がフィオナを送り込んできたと聞かされて、いよいよ夢から醒める時が来たのだと観念した。

悪夢の住み処だったカントゥルを楽園に塗り替えたはずだったのに、結局また自分の手で穢してしまった。

最後にセレーナを訪ねたのは、温室での謝罪と、十年前の罪を告白するためだった。もう嫌われたのだ。そこが世界の終わりなのだから、彼女に罪を告白し裁きを受けるべきだ。

——そう思っていた。

セレーナが追いかけてくれる一瞬前までは。

行かないでと泣くセレーナの姿に、萎んだ心は息を吹き返した。魂が喜びに震えた。

こんな自分にまだ幸せを分け与えてくださった神に初めて感謝した。

幸運にもセレーナを妻に迎えることができて、腕の中で眠らせることができた初夜は、大げさではなく世界中で一番幸福な男になれた気がした。

（それなのに、ごめんね）

いつだって笑っていて欲しいのに、セレーナの表情は沈んでいく一方だった。

ライアンよりも侯爵たちの言葉を信じたセレーナがたまらなく憎かった。彼女が何に憂い、心を痛めているかも察せないまま、セレーナを閉じ込めた。

セレーナとライアンだけの世界を作れば、きっとまた愛してくれる。本気でそう思っていた自分は愚かにもほどがある。

彼女の周りから人を遠ざけたのは、彼らがセレーナの逃走に加担する可能性があったからだ。セレーナの状況を憂い、いつ誰が救いの手を差し伸べるか分からない。外へ出てしまえば、二度とセレーナは戻ってこない。

自分が外出する時はいつもセレーナが気を失うまで抱いた。セレーナの逃亡の意思を削《そ》ぐためなら何でもした。イヴァンを見張り役に置いたのも、あの夜、セレーナが彼らを見て怯えたからだ。

そうやってセレーナを隔離し、あの屋敷へ閉じ込めた。

そこまでしてもライアンの心は一向に晴れなかった。常に暗雲が立ち込め、どす黒い感情が体の中を渦巻いている。

鬱積する苛立ちと、不安。

セレーナの心に触れられないことへの焦燥。

聞き流される愛の言葉。体だけは求めてくれるが所詮、肉欲の快楽に逆らえないだけのこと。セレーナがライアンを求めているわけではないのだ。

傍にいたいのに、そっぽを向かれることが辛い。慰めたくても、セレーナはライアンの心など欲していない。

ライアンを見る瞳にある悲哀を見るたびに、何度縋り、詫びたいと願っただろう。

それでも、ライアンは再びセレーナから愛をもらった。

すべてを懺悔し許しを得た自分に恐れるものは何もない。

セレーナに関してだけは臆病者に成り下がるが、ライアンのうちに巣くう獣には鋭い牙も、爪もついている。その気になれば人をも殺せる。

セレーナに手を出した者をのうのうとのさばらせるほど、自分は寛容ではないのだ。

(あなただけは僕が守るよ)

すべての成り行きを見守っていたイヴァンが、物音に顔を上げた。ライアンは彼の頭をひと撫でし、「セレーナを頼んだよ」と言い残し部屋を出た。

闇は実に都合よくライアンを隠してくれる。

黒髪に漆黒の瞳、黒い外套を纏ったライアンは、夜のしじまからひっそりと身を現した。

あの日、混乱に紛れ逃げおおせた小賢な男。熟睡する侯爵に、ライアンは目を眇めた。

「起きてください、侯爵」

夜暗に浮かぶのは、壁一面に描かれた金色の松の原。ライアンは東洋の美を描いた芸術には目もくれず、外套から一丁の拳銃を取り出した。

闇に粛々とした冷気がはびこる。ライアンは何の躊躇もなく発砲した。

「ひぁっ!?　な、ななんだっ!!」

銃声に飛び起きた侯爵が見たのは、闇に光る漆黒の双眸。

驚愕に慄き、侯爵がベッドから飛び降りようとする一瞬前、ライアンがコツン…と銃口で侯爵の額を押し返した。

「動かないでください」

大した力も加えていないが、侯爵の体は呆気なくベッドへ沈む。

「随分となめた真似をしてくださいましたね」

「な、なななんのことだ！」

「二度も僕の妻に触れようとしたことです」

「し、知らんな！」

「それで結構です。セレーナの肌を僕以外の男が覚えておく必要はありません。ですが事実は事実として受け止めていただきます」

「勘違いするな！　あの、あの女が迫ってきたんだ！　田舎へ帰るくらいなら私の愛人にさせてくれ。そう言いよってきたんだっ。所詮、あの女も贅沢がしたいだけだっただろうが！」

耳障りながなり声に、ライアンは目を眇めた。

「それが娼婦を射殺した理由ですか。八年前、あなたはひとりの娼婦を殺した」

「し、知らん！」

「殺したのは女があなたの子を身籠もったからでしょう。結婚でも迫られましたか」

「わ、私の子である証拠がどこにある！　娼婦なら腹の子の父親など五万といるだろう」

「ですが、女を殺した犯人はひとりです」

囁けば、侯爵の目があらん限り見開かれた。

「現場に落ちていた薬莢と娼婦の体に残っていた弾の施条痕があなたの持つコレクションの一丁と合致しました。それがコレです」

言って、銃口を強く額に押しつける。

「無断で過去を暴かれた気分はいかがですか。あなたがセレーナに手を出しさえしなければ、僕は一生この悪事を暴くこともしなかった。面倒は誰だって煩わしいものです」

「ま、待ってくれ！」

「カントゥルへ発つ前にお渡しした婚約破棄の小切手の額がご不満でしたか？　まさかあなたの手垢にまみれた女を寄越してくるとは夢にも思いませんでした。僕がフィオナを孕ませた？　妻の口から聞いた時は反吐《へど》が出そうでしたよ」

「こ…の!!」

突如、侯爵が掛布を蹴って暴れ出した。拳銃を引けば、侯爵がベッドから転がり落ちた。

ライアンは四つん這いで逃げ出す侯爵の右腿を撃ち抜いた。

「ぎゃぁぁっ!!」

「失礼、そちらはイヴァンに嚙まれた足でしたね」

ライアンは壮麗な美貌に冷笑を浮かべ、痛みに悶絶する侯爵を足で仰向けさせる。侯爵は這う這うの体で壁際までずり下がった。ライアンは見せつけるように弾丸を一度すべて床へ零し、新たな弾丸を一発だけ弾倉へ込める。鈍色に光る銃身を撫で、改めて侯爵を見下ろした。

「妻に手を出したあなたには今夜、死んでもらうことにしました」

「ふざけたこと……ひっ!」

安全装置を外した音に、侯爵の体がバネ仕掛けの玩具よりも大げさに跳ねた。

「な……なんの恨みがあって私を」

「あなたは耳もお悪いようだ。愛する妻に手を出した、と申し上げたでしょう」

「愛す……、あの女は賭けの対象だろうが!」

「誰がそんな戯言を……。僕は全身全霊でセレーナを愛しています。そしてこれからの幸福な未来に、あなたは邪魔なのです。消えていただけますね」

「だ、だだ誰に向かって」

再び額に銃口を押し当てたライアンは、眉ひとつ動かすことなく一発目の引き金を引いた。

「残念、外れだ」

おどけた口調で嘯き、肩を上げる。侯爵は恐怖に表情を引き攣らせ、額には玉のような汗を噴出させていた。

「お……お前ぇえっ！」

「僕たちの幸せに亀裂を生んだ償いをしてください」

ライアンは獣の目をして侯爵を見据えると、二発目を撃った。

「ひぃいぃっ!!」

カチ、と闇に消えた空音。

「侯爵ともあろう方でも死は恐ろしいですか？」

「そ、それは……お前も同じだろうっ！　わ…私がせっかく目をかけてやったのに、町娘なぞに腑抜けにされおって！　あの娘の何がいい！　罪滅ぼしも大概に……ひぃあぁ!!」

怒声の途中で撃ち込まれた三発目。

ライアンは愉悦すら浮かべかねない形相だった。この状況が楽しくてたまらない、獲物をひたすら嬲り殺そうとする獣の顔で侯爵を見据えている。

「そうです。僕は今、恩を仇で返している。あなたの押し売りの婚約話を恩と呼ぶならば、ですが」

そして、四発目。

「ひ…っ、やめ……！　やめてくれ……ぇ!!」

「彼女も冷たい水の中で助けを呼んだはずです。彼女が覚えた恐怖はこの程度ではなかった。侯爵、まだ二発分の猶予はあります。懺悔する時間くらいは差し上げましょう」

「わわわわかった！　も……もうあの娘には手を出さん！　それでいいだろうっ」

「なんて残念な人だ。僕の話をまるで聞いていない。――死んでくださいと申し上げているのですよ」

ゆるりと口端を上げて、ライアンが五発目を撃った。

「あ……あ、あぁ……。頼む、やめ……てくれっ」

侯爵は涙と汗で顔中をぐちゃぐちゃにしながら、懇願した。

それすら艶笑で一蹴し、最後の引き金に指をかけた。

侯爵は絶対の死に慄く。全身を硬直させ、その目に命を刈り取る男の姿を焼きつけた。

――カチ。

静寂に染みた空音に、ライアンがせせら笑った。

遠くから騒がしい足音が近づいてくる。闇を切り裂く明光と共に現れたのはアルフォード家から戻っていたフィオナだった。

フィオナは失禁し失神する侯爵の前で佇むライアンを見るや否や、「ひ……っ」と表情を引き攣らせた。

先日、人形を前にしたライアンの姿に「理想の王子様像」は完全に破壊されてしまったらしい。

「あ、悪魔……っ」

ライアンはことさら妖艶にほくそ笑み、隠していた弾を拳銃に込めた。それを硬直するフィオナの手に握らせる。

「君は知っているはずだよ、この体を貪り、苦しめ続けた本当の悪魔の姿を。思い出して、フィオナ」

耳元で囁き、脇を通り抜けた。

屋敷を出た時、静寂に拳銃の音が鳴り響いた。


まだ夜が明けきる前、夜と朝の狭間の空をライアンはガウンを羽織っただけの楽な姿で窓に寄りかかりながら眺めていた。

トントン。

小さなノック音の後、執事が姿を見せた。

「お呼びでございますか、ライアン様」

「うん。君にお礼をまだ言ってなかったからね。色々とありがとう、世話をかけたね」

「ライアン様の幸せが、私共の幸福なのです」

その一言にどれほどの思いが籠っているのかを感じとったライアンは、晴れ晴れとした顔で頷いた。

「ありがとう。それから君の作品を壊してすまない」

「いえ、彼女たちは心のない人形です。これでようやく報われるでしょう」

そう言って、セバスは朝食の確認をとってから部屋を出て行った。

心のない人形。

長年にわたり、セレーナの人形を作ってきた彼が言うのだからその通りなのだろう。

彼女たちを見ても、いつも何かが足りないと感じていた。ずっとそれが何か分からなかったけれど、セレーナを得て分かった。

彼女の模造品ならば、心がないのも当然だ。セレーナの心は、ひとつきりなのだから。

――触れることができただろうか。

濃密な夜を過ごした今でも、ライアンにはセレーナの心に触れている実感がない。

愛を告げるのはいつもライアンだけで、セレーナからは返してもらったことがないのだ。

(あなたの心に触れたい、そう望むのは贅沢なのだろうね)

ライアンを赦してくれた、傍にいることを選んでくれた。それだけで満足しなければいけないはずなのに、心は貪欲になる一方だ。

この現状が最上。どうしてそう思えないのだろう。

奇跡のような現実を手に入れられた幸福に満足するべきだ。

ライアンはセレーナが眠るベッドに戻り、そっと隣に滑り込んだ。掛布から出ている肩に触れると、ほんのりと冷たい。小さな体を抱き寄せ、ライアンは自分の温もりをセレーナに分け与えることにした。

腕の中にすっぽりと収まってしまうセレーナが愛おしくて、気がおかしくなりそうだ。

どうしてひとりの人をこんなにも愛してしまったのか、ライアン自身にも分からない。

ひと目惚れとは、それほど強い恋の魔法なのだろうか。

それでもかけられた魔法はライアンを極上の幸福へと導いてくれた。

「ん……」

温もりに目を覚ましたセレーナが腕の中で身じろいだ。体を寄せて安堵する様にクラリ…と意識が持っていかれる。

(本当にあなたという人は)

断言できる。自分はいつかセレーナの愛らしさに悶死する。

鼻を摺り寄せライアンの温もりに再び健やかな寝息を立て始めたように見えたが、セレーナはゆるゆると瞼を開けた。寝ぼけまなこでぼんやりとしていたが、やがてライアンを見上げた。

「おはよう、セレーナ」

「おはよ」

「まだ起きるには早いよ。もう少し眠って」

「ん……、ライアンは？　寝ないの」

「セレーナが眠った後でね」

「うん……」

話している最中も何度も瞼が下がっている。どうやら眠りの隙間に目を覚ましただけのようだ。

「おやすみ、セレーナ」

彼女が寝やすいように抱え直して、額に口づけた。セレーナはすぐにうっとりと瞼を閉じ、眠りの淵へと戻っていく。

途中、セレーナが腕枕にした手をキュッと摑むと、

「……大好き」

小さな声で呟いた。

「――え」

(今、大好きって……)

聞き間違いかと思わず耳を触り、今度こそ寝息を立て始めたセレーナを凝視した。

「セ、レーナ……」

聞き間違いか？　いや。間違いでもいい。

触れることができたのだ。

愛している。もう何度伝えたか分からないライアンの心は、ちゃんとセレーナに届いていた。

不意に涙が込み上げてきた。

セレーナと再会してから毎日願っていた。いつか彼女の心に触れさせてもらえる日がき

ますように、と。

けれどそんな幸運には一生出会えないと覚悟していたから、唐突に叶えられた願いに心がついていけない。

ただセレーナの言葉が何度も頭の中を巡り、心を震わせている。

嬉しかった。

「僕も愛しているよ」

あやすように背中を撫でて、ライアンは腕の中にある温もりに目を閉じた。

エピローグ

テラスに用意してもらったテーブルでマナーの教本を読んでいると、視界の端で黒い物体が動いた。

階を上ったところで狩りから戻ってきたイヴァンが悠然とその場に寝そべる。

「お帰り」

イヴァンはちらりと片目を開けて、何事もなく目を閉じた。

（素っ気ないわね）

ようやくセレーナの監視役から解放されたイヴァンはライアンと共に兎《うさぎ》狩りに出かけていた。勉強を再開したセレーナにかまってもらえないライアンが暇潰しにレイモンドを誘ったのだ。

相変わらずイヴァンに触れることはできないけれど、犬が近くにいる生活にも慣れた。

（慣れ、か……）

セレーナは苦笑して、教本に目を落とした。

今度の週末、セレーナは社交界へ出て行く。これはそのための勉強だ。

フィオナが去った屋敷はまた一段と広く感じられた。

アルフォード家の醜聞に取って代わり、今、社交界を賑わせているのは、パトリック侯爵の逮捕だ。侯爵はこれまでに犯してきた罪で法の裁きを受ける。その中にはフィオナに性的虐待を加えていた罪も含まれていたが、二発の銃弾を受けた侯爵と、娘のフィオナがそれぞれ心神喪失状態となっているため、裁判は難航するだろうというのが世間の見方だった。

社交界に出ていないセレーナの耳にも入ってきたセンセーショナルな話題を、ライアンは「悲しい人たちだよ」と憂いていた。

以前ほど頻繁に外出しなくなったライアンは、余った時間でセレーナにまとわりついてくる。カントゥルでの時間を彷彿とさせる彼の行動には、呆《あき》れを通り越してもう笑うしかなかった。

夫を得たはずなのに、忠犬を飼っているような奇妙な感覚。寄せてくれる気持ちは嬉しいけれど、せめて夏の間だけは離れていて欲しい。

黙っていれば美貌の貴人なのに、本当に残念な人だ。

でもそんなライアンは、実に可愛い。年上の異性に「可愛い」なんて表現は嬉しくないだろうが、本当なのだから仕方がない。

どれほど見た目が美しくても、セレーナの中に住むライアンは「不器用で可愛い人」なのだ。

ひとり思い出し笑いをしていると、

「楽しそうだね、何を読んでいるの？」

と現れたライアンが、ヒョイとマナー本を取り上げた。中を一読してライアンが訝しげに眉を顰めた。

「どこに笑う箇所があるの？」

「なに言っているの、あるわけないじゃない」

クスクス笑って、奪われた本を引き取る。

「お帰りなさい、ご一緒にお茶でもいかがですか？」

向かいの席を勧めると、ライアンは嬉しそうに頷いた。

「いただくよ」

それを受けて、セレーナが腰を上げた。美味しいお茶を入れられるようになるために、目下ライアンを相手にお茶の入れ方を練習中なのだ。

習った手順でお茶を注ぎ、ライアンの前に置く。

優美な仕草で口をつけたライアンは、「うん、美味しい」といつもの決まり文句をくれた。

「もう、ライアンはそればかりじゃない。もっと真面目な感想を言ってくれなくちゃ、上達できないわ」

「でも本当に美味しいよ」

「嘘、茶葉の分量を間違っても同じこと言っていた人の〝美味しい〟は信用できません」

「ひどいな、こんなにも愛しているのに」

「愛情は関係ないで……わっ」

たたき売りのような「愛している」にむくれると、ライアンに腰を攫われた。勢いで彼の膝の上に乗り上げてしまい、セレーナはおたおたと四肢をバタつかせた。

「も……もう！　放して」

「今日の勉強は終わったのだから、もう甘えてもいいよね」

午後の三時間だけという約束で許されたひとりの時間。

ぎゅっと後ろから抱きしめられて、髪に鼻先を埋めたライアンが「会いたかった」と呟く。彼が出かけてまだ三時間ほどしか経っていないのに、なんて大げさな感想なの。

片時も離れたくない。

全身から伝わる無言の訴えに、セレーナはほっと溜息をついて彼のしたいようにさせることにした。

よほどセレーナについた嘘と過去の事件が尾をひいているのか、ライアンは二言目には「愛している」と囁いてくれる。

そんなに愛を安売りして枯渇しないのだろうか。などという心配は、どうやら杞憂のようだ。

彼の愛情と性欲は、無限だ。

涼しげな風貌はストイックにすら映るのに、一度欲望の火が灯れば、途端に獣へと変貌する。闇色の瞳を持つ美しい獣。しなやかな肢体でセレーナを快感の海へと誘い、溺れさせる。

いつどこで導火線に火がつくか分からない彼の欲望にうっかり触れてしまったら、おとなしく身を挺《てい》して彼を鎮めるしかないことも十分学んだ。実はライアンの取り扱い方が一番難しい勉強なのではないかと思うくらい、何度も失敗し、そのたびにベッドへと連れ込まれている。

「セレーナ」

甘い声音にハッとすると、間近で輝く漆黒の目にいけない焔を見つけてしまった。しまった、ぼんやりライアンの顔を眺めていたから〝誘っている〟と勘違いさせてしまったらしい。

「だ、駄目よ！　私、今日中にこの本を読まなくちゃいけないの」

「後で僕が読んであげる」

一気に艶めいた声音に逃げ腰になると、絡んだ腕に力を込められた。

「ダンスの練習もあるからっ」

「うん、それも後で」

「人に見られちゃうっ」

「大丈夫、僕たち以外誰もいないよ」

「ライアン！」

「セレーナ。あなたの心に触れさせて」

「あ……っ」

耳殻に触れた唇が「愛している」の形に動く。抱きしめる腕に力を込められると、なぜか縋られている気分になった。

本当になんて我が儘な人だろう。

「……明日、先生に怒られたらライアンのせいだから」

始めてしまえば、溺れてしまうのは分かっている。きっと本も読めないし、ダンスができる体力も残っていない。先生たちの鬼の形相が目に浮かぶけれど、こんな愛らしい顔をされたら嫌だとは言えなかった。

(だって、私も愛しているもの)

愛しいから、彼が欲しい。

難しいことを考えなくても、傍にいたい理由はいつだって彼が囁いてくれていた。

心に触れたいのは、あなただけじゃない。

「その時は僕が謝る。あなたの為なら、僕はなんだってできるよ」

「大げさだわ」

そう言って、セレーナは腕を伸ばし、彼の唇に口づけた。

あとがき

こんにちは、宇奈月香《うなづきこう》です。

この度は『僕の可愛いセレーナ』をお手に取っていただき、ありがとうございました。

おかげさまでソーニャ文庫様から二冊目を刊行させていただけました。これもひとえに読者様のおかげです。本当にありがとうございます！

今回も花岡美莉《はなおかみり》先生にイラストを担当していただけました。カバーイラストをいただいた時、息が止まったことを覚えています。美しい！　コンセプトは『浅い水辺で戯れる（つもりの）ライアンに困惑するセレーナ』ということなのですが、セレーナの困った顔がとっても愛らしいです。またライアンの愛おしげな表情と併せての手つなぎがなんとも艶っぽい！　色使いといいうっとりです。自分の作品にプロの方のイラストをつけてもらえる、物書きにとってこれほど幸せなことはありません。

花岡先生、ありがとうございました。

最後になりましたが、製作最中での大幅なあらすじ変更を気前よく承諾してくださった担当者様、そしてこの作品に携わってくださった関係者の方々にこの場を借りてお礼申し上げます。

本当にありがとうございました。

宇奈月　香

ソーニャ文庫
新刊情報
2013年11月
執着系乙女官能レーベル
Sonya
ソーニャ文庫
ソーニャ文庫公式webサイト http://sonyabunko.com
ソーニャ文庫公式twitter @Sonyabunko
裏面にお試し読み付き！
イースト・プレス

11月の新刊

僕の可愛いセレーナ

宇奈月香　イラスト 花岡美莉

閉ざされた部屋の中、毎夜のごとく求められ、快楽に溺れる身体……。美貌の伯爵ライアンに見初められた町娘のセレーナは、身分差を乗り越えて結婚することに。情熱的に愛の言葉を囁いてくるライアン。しかし幸せな結婚生活は、ある出来事をきっかけに歪んでいき――？

旦那さまの異常な愛情

秋野真珠　イラスト gamu

側室としての十年間、王から一度も愛されることなくひっそり暮らしていたジャニス。後宮解散の際に決まった再婚相手は、十歳年下の才気溢れる青年子爵マリスだった。社交界の寵児がなぜ私と？　何か裏があるはずと訝しむも、押し倒されてうやむやにされてしまい――。

次回の新刊 12月4日ごろ発売予定

執愛の鎖（仮）　立花実咲　イラスト：KRN

逃げそこね（仮）　春日部こみと　イラスト：すらだまみ

Sonya
ソーニャ文庫

この本を読んでのご意見・ご感想をお待ちしております。

◆ あて先 ◆

〒101-0051
東京都千代田区神田神保町2-4-7 久月神田ビル7階
㈱イースト・プレス　ソーニャ文庫編集部
宇奈月香先生／花岡美莉先生

僕《ぼく》の可愛《かわい》いセレーナ

2013年11月4日　第1刷発行

著　者　宇奈月香《うなづきこう》
イラスト　花岡美莉《はなおかみり》
装　丁　imagejack.inc
DTP　松井和彌
編　集　安本千恵子
営　業　雨宮吉雄、明田陽子
発行人　堅田浩二
発行所　株式会社イースト・プレス
〒101-0051
東京都千代田区神田神保町2-4-7 久月神田ビル8階
TEL 03-5213-4700　　FAX 03-5213-4701
印刷所　中央精版印刷株式会社

ISBN 978-4-7816-9517-4
定価はカバーに表示してあります。

Sonya ソーニャ文庫の本

『断罪の微笑』 宇奈月香

イラスト 花岡美莉